ANNEKE OOSTMEIJER

Pergamano®

CONGRATULATIONS

LA RIVIÈRE
CREATIEVE UITGEVERS

★ Pergamano® is the brand name under which books, materials and tools for the creative hobby Parchment Craft are marketed.

3rd Edition, 1998

Pergamano® is a registered brand name.

Photography: De Studio - fotografie + digitale beeldbewerking, Utrecht
Cover: Jan de Boer, Vianen
Patterns: Anneke Oostmeijer, Gerard de Groot
Typesetting: Studio Imago, Amersfoort
Translation: Ellarik Services, Bilthoven
Proof reading: Sonia Bradley

ISBN 90 384 1231 2

Marjo Arte B.V. in Amstelveen has granted permission for the use in this book of the registered brand name Pergamano®

CONTENTS

PREFACE

Dear Anneke,

As a fellow writer of Pergamano® books for the creative hobby Parchment Craft, I would like to say something about your fourth book.

I have all your books on my bookshelf and I know them like the back of my hand. What strikes me most is the growing line of what you are offering the Parchment Craft enthusiast. This book surpasses your previous books, and I do not mean this with regard to the bigger size of the book (which is nice of course), but with regard to the quality of the patterns, the pictures and working descriptions.

I think that the subject of your book is well chosen. Every Parchment Craft enthusiast is always on the lookout for new cards for all kinds of occasions.
The inscriptions you added at the back of your book, are ideal for tracing and embossing. Also the suggestions for mixing colours is most helpful.

I would like to congratulate you Anneke, also Anja Timmerman the publisher of La Rivière, for this book: it is an important acquisition for Parchment Craft.
And I ask you, dear reader and Parchment Craft enthusiast: will you be able to resist buying this book and quickly start working on the first project? I have a strong feeling that you will not ...

I wish you many happy hours creating the beautiful projects from Anneke's new Pergamano® book!

Kind regards,

Martha Ospina

INTRODUCTION

First of all I would like to thank you all for the many comments I received on my previous book: Pergamano® Jugendstil patterns.

For many special occasions one can think of a suitable present, for example flowers, a bottle of wine, a box of cigars, perfume, money in an envelope or a handmade present. In this book you will find the patterns of cards I designed and made, which are suitable for a birth, a marriage, anniversaries, a birthday of a child, moving house, a birthday of an adult, illness, gift wrappings and gift tags.
A total of 35 new, full-size patterns for Parchment Craft, and I am convinced you will find something to your liking.

Again you will find patterns in the decorative Art Nouveau and Jugendstil style. This style is ideal for the delicate art of working on parchment paper with Pergamano® materials and tools.

This fourth book is a larger, more practical size than the previous ones, and also the beautiful new cover is very different from before. Take a good look at the beautiful colour pictures inside the book; I am convinced they will be of great help to you while you are making your projects.

I would again like to thank Martha Ospina and Anja Timmerman for giving me the opportunity to write a Pergamano® book.

I wish you lots of success with making the projects in this book!

Should you have any comments on the book or have any new ideas, you can write them to the address of my publisher: LRV-Kreatief, Postbus 133, 3479 AV Baarn, The Netherlands. I will personally answer your letter.

Anneke Oostmeijer

TIPS AND TECHNIQUES

* Colour combinations for Pintura paint

- yellow (16) + red (03) makes orange
- yellow (16) + blue (02) makes green
- yellow (16) + green (08) makes yellowish green
- yellow (16) + violet (07) makes brown
- yellow (16) + black (11) makes deep green
- yellow (16) + white (01) makes cream
- red (03) + blue (02) makes purple
- red (03) + green (08) makes warm brown
- red (03) + violet (07) makes crimson
- red (03) + black (11) makes dark brown
- red (03) + white (01) makes pink
- blue (02) + green (08) makes sea green
- blue (02) + violet (07) makes ultramarine blue
- blue (02) + black (11) makes indigo blue
- blue (02) + white (01) makes pastel blue
- orange (06) + green (08) makes fawn
- orange (06) + brown (12) makes chestnut
- orange (06) + violet (07) makes dark brown
- orange (06) + skin colour (13) makes salmon
- orange (06) + ultramarine blue makes greyish brown
- green (08) + violet (07) makes night green
- green (08) + cream makes spring green

- cream + violet (07) makes lilac
- cream + brown (12) makes light warm brown
- cream + pink makes flesh-colour or peach
- cream + pastel blue makes morning blue

These last four colour combinations are made with the colour mixtures mentioned above.

TIP:

* If you want to glue something with Pergakit, I advise you to work as follows:
Apply the Pergakit where you need it and wait for about 10 minutes. Now place what you want to be glued on to the half dried Pergakit and you will notice that the Pergakit holds better.

GIFT WRAPPINGS I

1. Bows

General
For this bow you will have to trace the pattern 4 times on a piece of parchment paper. Furthermore you will need little pearls, and needle and thread.

Tracing
- Tinta gold (22T): the whole pattern

Dorsing
Dorso violet (assort. 1): or Dorso lilac (assort. 2): the whole pattern (4 times).

Embossing
Emboss the golden lines.

Perforating
Perforate along the golden lines with the 4-needle perforating tool in such a way that the golden lines remain visible between the 4-needle perforations.

Cutting
Cut the connections between the outer perforations and remove excess paper.

Finishing off
Take a needle and thread and feed the thread through the pearl. Make a knot, tying the pearl to the thread halfway. Now feed the two ends of the thread together through the eye of the needle and insert the needle into point C, on the good side of your work. Now pull the thread through the paper and go to point A. Feed the needle and thread through point A, on the wrong side of your work, go to point B, and do the same.
Repeat this three times, sewing the other layers of parchment paper on to this layer.
Finish by tying a knot at the bottom of the bow, and arrange the bow parts.

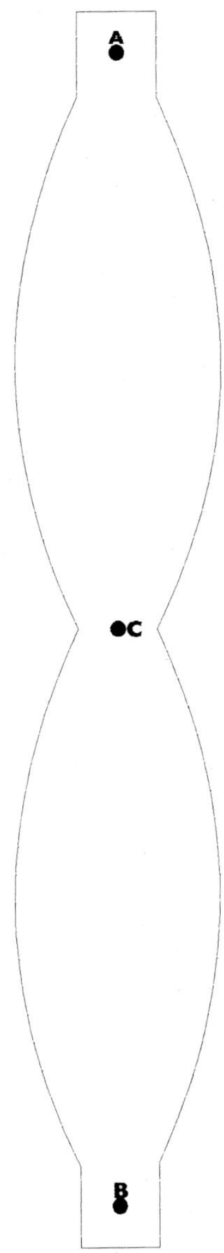

2. Gift tags

Tracing
Tinta gold (22T) the contours of the tags. The horizontal and vertical golden lines should remain visible between the 4-needle perforations.

Embossing
Emboss the contours of the gift tags and emboss the desired text with the help of the Pergamano embossing stencils.

Perforating
Perforate a hole in the top left corner as indicated in the pattern. Perforate with the 4-needle perforating tool along the contours of the gift tag.

Cutting
Cut the connections between the outer perforations and remove excess paper. Cut out the hole in the top left corner.

Finishing off
Feed a ribbon through the hole and attach the gift tag to your present.

Gefeliciteerd
Van
Harte
Gefeliciteerd

3. Fancy ribbon

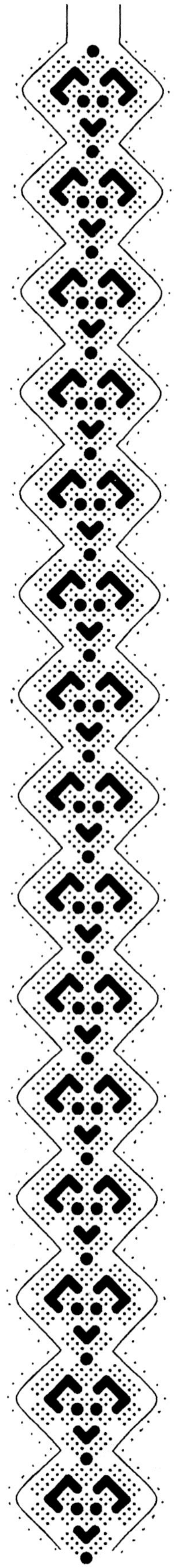

Tracing

- Tinta gold (22T): the wavy lines.

Perforating

As in the perforation pattern.

Embossing

Emboss the wavy lines and the decorations in the perforation pattern.

Cutting

Cut the perforations into crosses and slits.

Finishing off

Perforate with the 2-needle perforating tool along the wavy lines. Cut out the ribbon.

SAY IT WITH FLOWERS

4. Fan

Tracing
Tinta gold (22T): the curly and wavy lines
Tinta sepia (12T): the flowers
Tinta leaf green (10T): the leaves.

Painting
- Pinta-Perla bronze (30N) + Pintura brown (12): the curly and wavy lines
- Pinta-Perla green (08N) + Pintura green (08): a few leaves
- Pinta-Perla yellow (16N) + Pintura green (08) + Pintura brown (12): a few leaves
- Pinta-Perla yellow (16N) + Pintura yellow (16) + Pintura brown (12): the flowers.

Embossing
Emboss the flowers, the leaves, the curly and wavy lines.

Perforating
Perforate the indicated areas and the contours of the card with the 2-needle perforating tool.

Cutting
Cut out the perforated areas.

Finishing off
Fold the card.

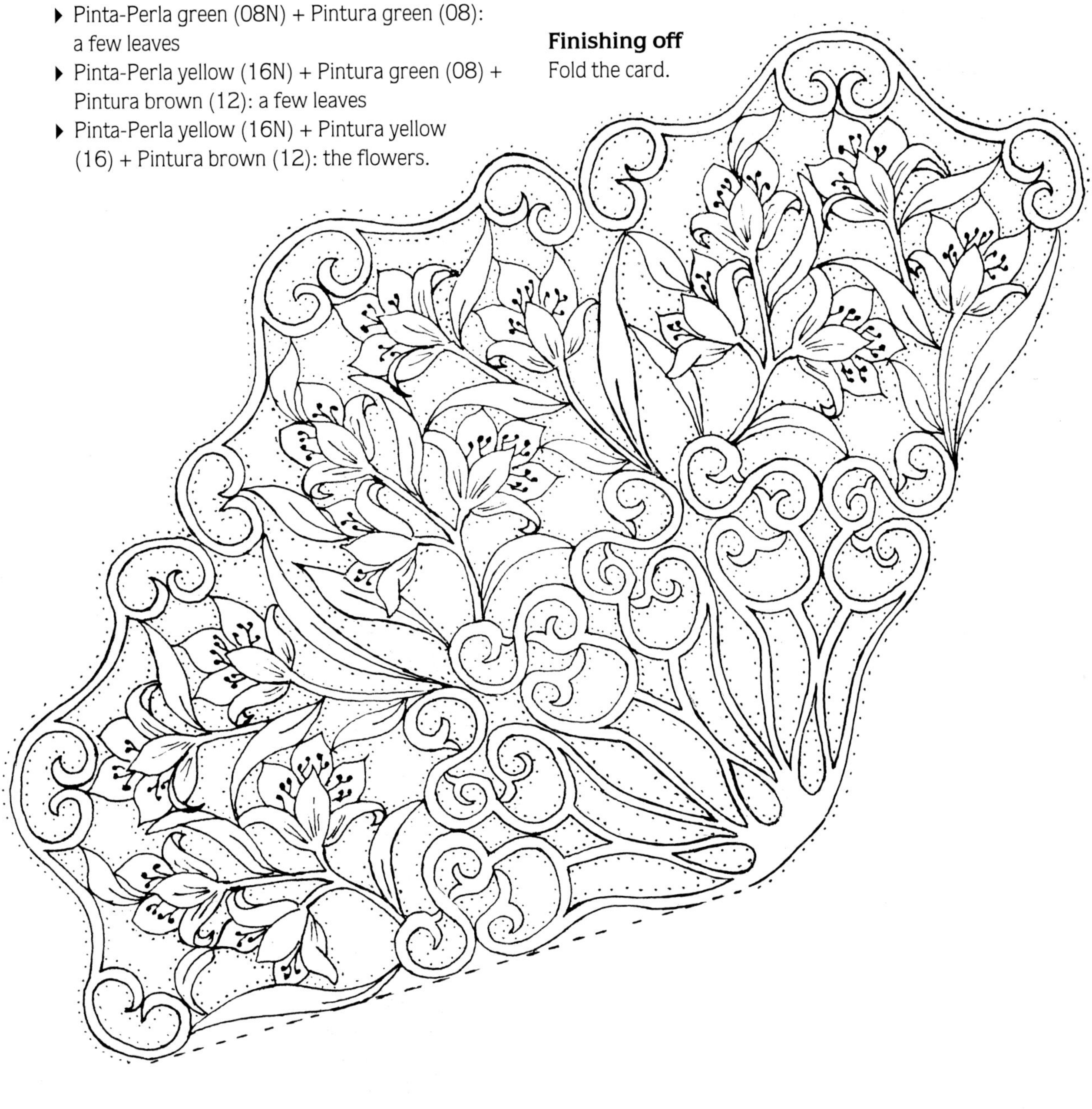

5. Fancy bird

Tracing

Tinta gold (22T): the contours of the card, the text
Tinta turquoise (05T): the breast and head of the bird
Tinta blue (02T): the tail of the bird, 2 flowers
Tinta red (03T): the wing and beak of the bird, a few flowers
Tinta sepia (12T): the eye of the bird, the tree
Tinta leaf green (10T): the leaves.

Painting

- Pintura bordeaux red (51): the beak of the bird
- Pinta-Perla yellow (16N) + Pintura turquoise (48): the breast and head of the bird
- Pinta-Perla green (08N) + Pintura blue (02): the tail of the bird
- Pinta-Perla yellow (16N) + Pintura bordeaux red (51): the wing of the bird
- Pintura brown (12): the eye of the bird
- Pintura yellow (16) + Pintura brown (12): the tree
- Pinta-Perla yellow (16N) + Pintura green (08) + Pintura brown (12): the leaves
- Pinta-Perla white (01N) + Pintura bordeaux red (51): a few flowers
- Pinta-Perla white (01N) + Pintura blue (02): a few flowers.

Embossing

Emboss the contours of the card, the bird, the flowers, the leaves, the tree, the text.

Perforating

Perforate the indicated areas and the contours of the card with the 2-needle perforating tool.

Cutting

Cut out the perforated areas.

Finishing off

Fold the card and add an insert of rainbow paper cut to size.

6. Tulips

Tracing
- Tinta gold (22T): the contours of the card, the text
- Tinta leaf green (10T): the leaves, the twigs
- ▸ Tinta red (03T): the flowers.

Painting
- Pinta-Perla yellow (16N) + Pintura bordeaux red (51): the flowers
- Pinta-Perla yellow (16N) + Pintura green (08) + Pintura brown (12): a few leaves
- Pinta-Perla yellow (16N) + Pintura green (08): a few leaves
- Pinta-Perla yellow (16N) + Pintura brown (12): a few leaves.

Embossing
Emboss the contours of the card, the leaves, the twigs, the flowers, the text.

Perforating
Perforate the indicated areas with the 2-needle perforating tool. Perforate along the contours of the card with the 4-needle perforating tool.

Cutting
Cut out the perforated areas. Cut out the card along the outer perforations and remove excess paper.

Finishing off
Fold the card and add an insert of rainbow paper cut to size.

7. Buttercups

Tracing

- Tinta gold (22T): the contours of the card and the frame
- Tinta leaf green (10T): a few leaves
- Tinta sepia (12T): the flowers and a few leaves.

Painting

- Pintura yellow (16): the leaves
- Pintura brown (12): the flower hearts
- Pintura black (11): the pistils of the flowers
- Pinta-Perla green (08N) + Pintura green (08): a few leaves
- Pinta-Perla yellow (16N) + Pintura green (08): a few leaves
- Pinta-Perla brown (12N) + Pintura brown (12): a few leaves
- Pinta-Perla yellow (16N) + Pintura brown (12): a few leaves.

Embossing

Emboss the whole pattern, the contour lines and the frame.

Perforating

Perforate the indicated areas and the contours of the card with the 2-needle perforating tool.

Cutting

Cut out the perforated areas.

Finishing off

Fold the card and add an insert in the colour of your choice.

Proficiat!
Gefeliciteerd
Gefeliciteerd
Geslaagd!

ANNIVERSARY

8. Gift envelopes

Tracing
- Tinta gold (22T): the decorative pattern, the contours of the flap of the envelope, the text
- Tinta white (01T): the folding lines and the rest of the contour lines.

Painting
- Pinta-Perla green (08N): the whole decorative pattern on the flap of the envelope.

Perforating
Perforate the indicated areas on the flap of the envelope with the 2-needle perforating tool. Perforate the contours of the flap of the envelope with the 4-needle perforating tool.

Cutting
Cut out the perforated areas. Cut out the flap of the envelope along the outer perforations and remove excess paper.

Embossing
Emboss the whole decorative pattern on the flap of the envelope, the contours of the card, the folding lines.

Finishing off
Fold the gluing strips inwards and apply double-sided adhesive tape to the gluing strips A and B. Now fold the envelope, pressing the gluing strips on to each other. Fold the flap of the envelope.

A

B

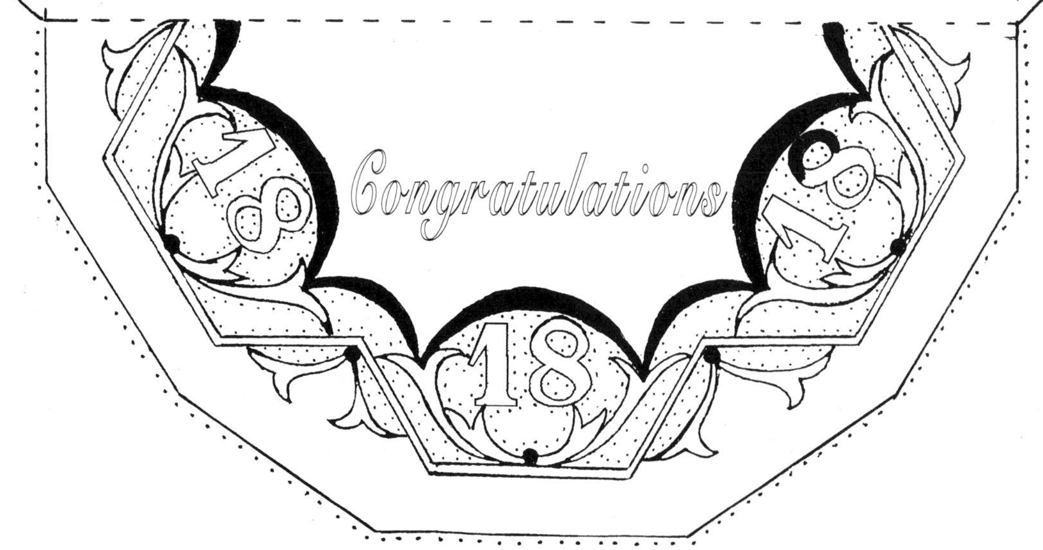

9. You passed!

General
The three flowers are 3-D flowers.

Tracing
- Tinta gold (22T): the contours of the card, the text, the ribbon
- Tinta sepia (12T): the scroll
- Tinta red (03T): the seal
- Tinta blue (02T): the flowers (also 3 times on a separate piece of paper)
- Tinta leaf green (10T): the leaves, the stalks.

Dorsing
- Dorso yellow ochre (assort. I): the scroll.

Painting
- Pinta-Perla green (08N) + Pintura blue (02): the flowers
- Pinta-Perla yellow (16N) + Pintura green (08): a few leaves
- Pinta-Perla green (08N) + Pintura green (08): a few leaves
- Pinta-Perla brown (12N) + Pintura brown (12): a few leaves
- Pintura red (03): the seal.

Perforating
As in the perforation pattern.

Embossing
Emboss the dots and stripes in the perforation pattern, the text, the contours of the card, the seal, the flowers, the leaves.

Cutting
Cut the perforations into crosses and slits.

Finishing off
Paint the three 3-D flowers as described above and emboss them. Cut them out end curl the tips of the petals a bit between your thumb and forefinger. Apply a little Pergakit to the three flower centres on the card and glue the 3-D flowers on to them. Then apply some of Pergakit to the centre of the 3D flower hearts and place a little pearl into each of them to serve as flower heart. Perforate the contours of the card with the 4-needle perforating tool and cut the connections between the outer perforations. Remove excess paper. Fold the card.

10. Congratulations (25th anniversary)

Tracing
Tinta gold (22T): the whole pattern, the contours of the card and the text.

Painting
Pinta-Perla bronze (30N) + Pintura yellow (16): the scallops, the thin angular golden lines
Pinta-Perla bronze (30N) + Pintura bordeaux red (51): the rest of the curly lines.

Embossing
Emboss the whole pattern, the contours of the card, the text.

Perforating
Perforate the areas indicated with the 2-needle perforating tool. Perforate the contours of the card with the 4-needle perforating tool.

Cutting
Cut out the areas indicated. Cut the connections between the outer perforations along the contours of the card and remove excess paper.

Finishing off
Fold the card.

11. Congratulations (50th anniversary)

General

For this card you can use the same working description as for no. 10 but replace the number "25" with another number. Take the number "50" for instance and trace it on your parchment paper with Tinta gold (22). You will have to move your paper every time you want to trace a new number.

Painting

- Pinta-Perla violet (07N) + Pintura blue (02): the whole pattern.

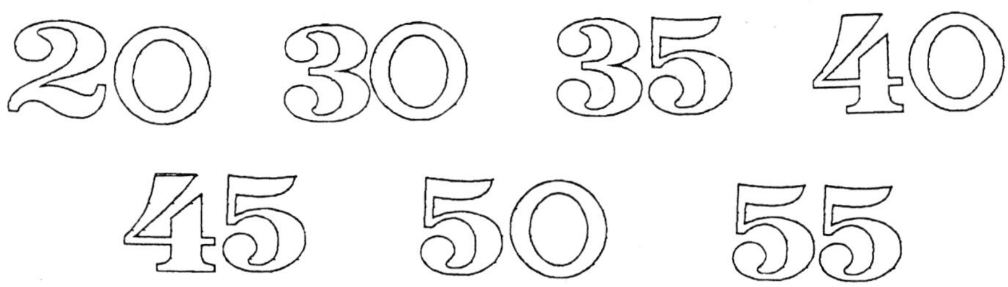

GET WELL SOON!

12. Fruit basket

Tracing
- Tinta white (01T): the contours of the card
- Tinta sepia (12T): the basket, the fruit
- Tinta gold (22T): the text.

Painting
- Pintura yellow (16) + Pintura red (03): the apples
- Pinta-Perla yellow (16N) + Pintura green (08) + Pintura brown (12): the pears
- Pintura orange (06): the oranges
- Pintura bordeaux red (51): the cherries
- Pintura light green (04): the grapes
- Pintura yellow (16): the bananas
- Pintura violet (07): the grapes
- Pinta-Perla yellow (16N) + Pintura green (08) + Pintura brown (12): the leaves
- Pintura yellow (16) + Pintura brown (12): the basket
- Pintura green (08): the stalks
- Pintura red (03): a few berries
- Pintura yellow (16) a few berries
- Pintura white (01): highlights on all the fruit.

Dorsing
Dorso brown (assort. 2): the basket.

Perforating
As in the perforation pattern.

Embossing
Emboss the decorations in the perforation pattern.

Cutting
Cut the perforations into crosses and slits.

Finishing off
Cut out the card. Fold the card.

Beterschap
Beterschap
Beterschap!

13. Strawberries

Tracing

- Tinta gold (22T): the contours of the card, the text
- Tinta leaf green (10T): the leaves, the stalks
- Tinta red (03T): the strawberries.

Dorsing

- Dorso green (assort. 2): around the strawberries
- Dorso yellow ochre (assort. 2): on the right of the strawberries.

Painting

- Pinta-Perla red (03N) + Pintura red (03): the strawberries
- Pinta-Perla yellow (16N) + Pintura green (08): a few leaves
- Pinta-Perla yellow (16N) + Pintura green (08) + Pintura brown (12): a few leaves
- Pintura yellow (16) + Pintura green (08): a few leaves
- Pintura green (08): the veins on the leaves
- Pintura white (01): the dots on the strawberries.

Perforating

As in the perforation pattern.

Embossing

Emboss the strawberries, the leaves, the text, the decorations in the perforation pattern.

Cutting

Cut the perforations into crosses and slits.

Finishing off

Cut out the card with fancy shears. Fold the card and add an insert in the colour of your choice.

14. Apple blossom

General
This card is made with the Perga-Liners.

Tracing
- Tinta sepia (12T): the flowers, the stalk, apples 1, 3 and 5 (from left to right)
- Tinta leaf green (12T): the leaves, apples 2 and 4 (from left to right)
- Tinta gold (22T): the contours of the card, the four dots in every part of the perforation pattern, the text.

Painting
- From left to right
- Apple 1: B1 on the highlight, B8, B11, A12
- Apple 2: B1 on the highlight, B7, B8, A1, A16, A20
- Apple 3: B1 on the highlight, B3, B6, A1, A17, A20
- Apple 4: see apple 2
- Apple 5: see apple 1
- The leaves: B6, B8, A20, A16
- The stalks: B3, A17
- The flowers: B1, B11, A20
- The flower hearts: A17.

Perforating
As in the perforation pattern.

Embossing
Emboss the flowers, the leaves, the stalks, the text, the contours of the card and the decorations in the perforation pattern.

Cutting
Cut the perforations into crosses.

Finishing off
Perforate and cut out the card. Fold the card. You can also use a text sticker instead of tracing the text.

HAPPY BIRTHDAY

15. Hip, Hip, Hurray !!

Tracing

- Tinta sepia (12T): the bear
- Tinta black (11T): the eyes, nose, and mouth of the bear
- Tinta red (03T): part of the text
- Tinta blue (02T): part of the text
- Tinta leaf green (10T): part of the text
- Tinta gold (22T): the banner.

Painting

- Pinta-Perla yellow (16N) + Pinta-Perla bronze (30N) + Pintura brown (12): the bear
- Pintura brown (12): the hairs on the bear
- Pintura red (03): the mouth of the bear
- Pintura black (11): the mouth of the bear
- Pinta-Perla skin colour (13N): the inside of the ears and the soles of the bear
- Pintura white (01): the highlights in the eyes and on the nose of the bear
- Pintura red (03), Pintura light green (04), Pintura blue (16) and Pintura yellow (16): alternately the dots on the banner.

Embossing

Emboss the bear, the dots on the banner, the text and the contours of the banner.

Perforating

Perforate with the 2-needle perforating tool along the contours of the card.

Cutting

Cut out the card.

Finishing off

Fold the card and add an insert, if so desired.

16. Clown

General
The clown is painted on the back page, the frame on the front page.

Tracing
- Tinta gold (22T): all the contour lines, the frame on the front page
- Tinta black (11T): the clown on the back page
- Tinta sepia (12T): the ground
- Tinta leaf green (10T): the grass.

Dorsing
- Dorso yellow ochre (assort. 1): the ground
- Dorso brown (assort. 2): the ground
- Dorso blue (assort. 1): the sky.

Painting
- Pintura yellow (16): the trousers, part of the bow, a ball
- Pintura black (11): the shoes, the eyes
- Pintura red (03): the jacket, the mouth, the nose, the brim of the hat, a ball
- Pintura light green (04): the hat, the belt, part of the trousers, a ball
- Pintura blue (02): the bow, the sweater, part of the jacket
- Pintura white (01): the gloves, the mouth, part of the eyes, the highlights in the eyes, on the hat and on the shoes
- Pintura green (08): the buttons on the jacket
- Pintura yellow (16) + Pintura brown (12): the hair.

Embossing (I)
Emboss all the contour lines on the front page. Emboss the shoes, the trousers, the jacket, the hat, the bow, the nose, the mouth, the hair, the little balls.

Perforating
Perforate the indicated areas of the front page with the 2-needle perforating tool. Perforate with the 4-needle perforating tool as in the perforation pattern and along the contours of the card.

Embossing (II)
Emboss the dots in the perforation pattern.

Cutting
Cut the perforations into crosses. Cut out the indicated areas of the front page.

Finishing off
Cut the connections between the outer perforations along the contours of the card. Remove excess paper. If you wish, you can add an insert of rainbow paper. Fold the card.

17. Wake up!

Tracing

- Tinta turquoise (05T): the contours of the dial
- Tinta black (11T): the numbers, the eyes, the hands of the clock, the mouth
- Tinta red (03T): the flowers, the text, the scalloped contour lines of the clock
- Tinta leaf green (10T): the contours of the clock, the stalks, the leaves
- Tinta blue (02T): the roof of the clock, the inner contour lines of the card
- Tinta sepia (12T): the bird.

Dorsing

- Dorso blue (assort 1): inside the clock
- Dorso yellow (assort. 1): the dial of the clock
- Dorso red (assort 2): the rosy cheeks.

Painting

- Pintura light green (04): the hands of the clock
- Pintura red (03): the eyebrows, the beak and legs of the bird
- Pintura blue (02): the nose
- Pintura black (11): the eyes
- Pintura white (01): the highlights in the eyes, the flower hearts
- Pinta-Perla white (01N) + Pintura red (03): the flowers
- Pintura yellow (16) + Pintura green (08): the leaves
- Pintura brown (12): the stamens
- Pintura green (08) the stalks and the veins on the leaves
- Tinta blue (02T): the contours of the card (about 3 mm. wide).

Perforating

As in the perforation pattern.

Embossing

Emboss the hands of the clock, the eyebrows, the nose, the eyes, the bird, the text, the flowers, the leaves, between the contour lines of the roof, the dots in the perforation pattern.

Cutting

Cut the perforations into crosses.

Finishing off

Fold the card. Cut out the card with fancy shears. Add a blue insert.

Hiep, Hiep, Hoera !!
Hartelijk Gefeliciteerd
12
1
2
3
4
5
6
7
8
9
10
11

IN LOVE, ENGAGED....

18. Bride

Tracing

- Tinta gold (22T): the top of the wedding gown, the shoes, the dots, the flowers, the leaves
- Tinta leaf green (10T): the grass
- Tinta sepia (12T): the face, the arms, the legs, the ground
- Tinta white (01T): the contours of the card, the skirt of the wedding gown
- Tinta red (03T): the mouth.

Dorsing

- Dorso skin colour (assort. 1): the face, the arms, the legs
- Dorso yellow ochre (assort. 1): the ground
- Dorso brown (assort. 2): the ground.

Painting

- Pintura yellow (16) + Pintura brown (12): the hair
- Pintura white (01): the whole eyes (basic colour)
- Pintura blue (02): the irises
- Pintura black (11): the pupils
- Pinta-Perla fuchsia (20N): a flower
- Pinta-Perla violet (07N): a flower

Pintura green (08): the leaves.

Perforating

As in the perforation pattern.

Embossing

Emboss the dots in the perforation pattern, the hair, the flowers, the leaves, the shoes, the little dots around the bride, the top part of the wedding gown and the pleats in the skirt of the wedding gown.

Cutting

Cut the perforations into crosses.

Finishing off

Perforate a hole in every embossed dot in the perforation pattern with the single-needle perforating tool. Perforate the contours of the card with the 4-needle perforating tool and cut the connections between the outer perforations. Remove excess paper. Fold the card.

19. Hearts

Tracing
- Tinta gold (22T): the hearts
- Tinta leaf green (10T): the leaves, the stalks
- Tinta violet (07T): the flowers
- Tinta sepia (12T): the rings, the bow.

Painting
- Pinta-Perla white (01N) + Pinta-Perla bronze (30N) + Pintura brown (12): the bow
- Tinta gold (22T): the rings
- Pinta-Perla yellow (16N) + Pintura green (08): a few leaves
- Pinta-Perla yellow (16N) + Pintura green (08) + Pintura brown (12): a few leaves
- Pinta-Perla green (08N) + Pintura green (08): a few leaves
- Pinta-Perla yellow (16N) + Pintura brown (12): a few leaves
- Pintura green (08): a vein on the leaves, the stalks
- Pinta-Perla white (01N) + Pintura violet (07): the flowers
- Pinta-Perla white (01N): the flower heart
- Pintura brown (12): the stamens.

Perforating
As in the perforation pattern.

Embossing
Emboss the dots in the perforation pattern, the flowers, the bow, the rings, the leaves, the contours of all the hearts.

Cutting
Cut the perforations into crosses.

Finishing off
Perforate and cut out the card. Emboss little white dotted lines between the flowers, leaves and bow with the Pergamano embossing wheel. Fold the card.

20. Gift envelope

Tracing

- Tinta gold: the scalloped line, the flowers in the perforation pattern
- Tinta white (01T): the contour lines, the folding lines, the contours and the rest of the decorations in the perforation pattern.

Perforating (I)

As in the perforation pattern.

Embossing

Emboss the scalloped line, the folding lines, the decorations in the perforation pattern.

Perforating (II)

Perforate with the 4-needle perforating tool along the contours of the scalloped line in such a way that you will make two holes above the line and two holes below the line. Insert two of the four needles in the previously made holes, thus creating only 2 new holes with each perforation. This will ensure equal distance between the holes.

Cutting

Cut the connections between the outer perforations along the scalloped contours of the card and remove excess paper. Cut the perforations in the perforation pattern into crosses and slits.

Finishing off

Fold the gluing strips inwards and apply double-sided adhesive tape to parts A and B. Fold the other folding lines and press the gluing strips on to each other.

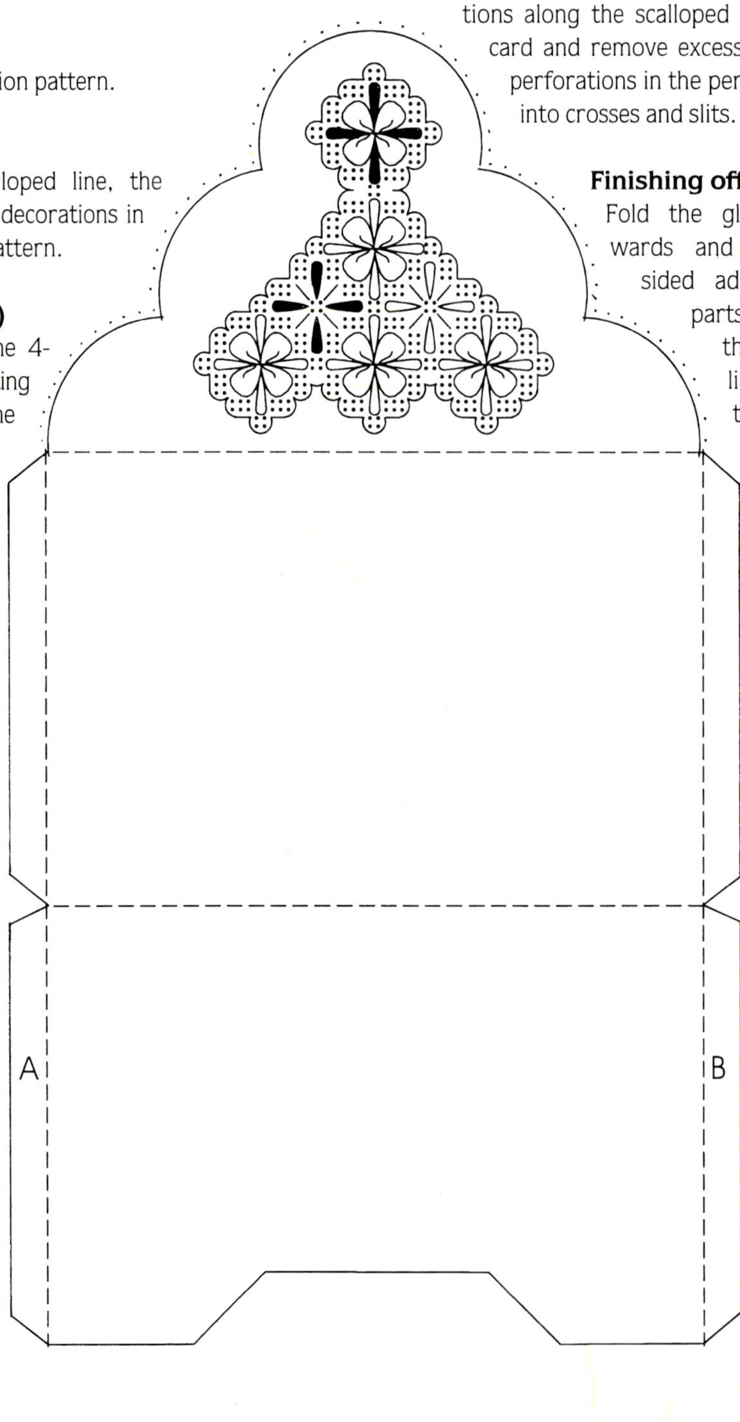

voor uw
25-jarig
huwelijk
Verliefd...
Verloofd...

21. Wedding Anniversary

Tracing

- Tinta gold (22T): the whole pattern except the flowers and leaves
- Tinta leaf green (10T): the leaves
- Tinta red (03T): the tulips
- Tinta sepia (12T): the rest of the flowers.

Painting

- Pinta-Perla yellow (16N) + Pintura bordeaux red (51): the tulips
- Pintura yellow (16): the rest of the flowers
- Pintura yellow (16) + Pintura green (08): the leaves
- Pintura red (03): the flower hearts
- Pintura brown (12): the stamens.

Perforating (I)

As in the perforation pattern with the 4-needle perforating tool.

Embossing

Emboss the curly lines, the scalloped lines, the contours of the card, the flowers, the leaves, the text and the dots in the perforation pattern.

Perforating (II)

Perforate between all the curly and scalloped lines with the 2-needle perforating tool.

Cutting

Cut the perforations into crosses.

Finishing off

Cut out the indicated areas. Cut along the contours of the card with fancy shears. Add an insert of rainbow paper.

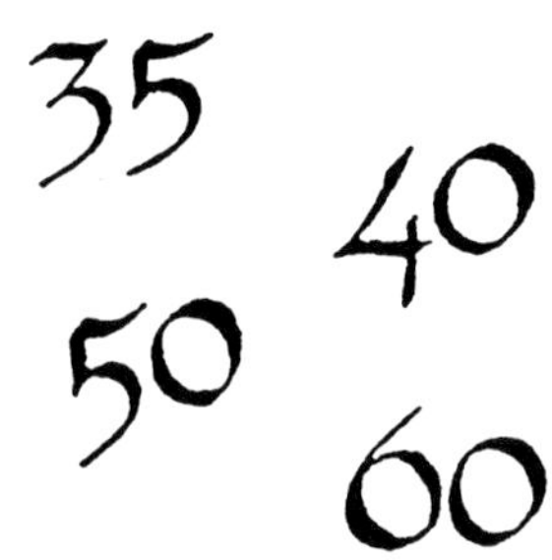

PARCHMENT PRESENTS

22. Little tulips

Tracing
- Tinta leaf green (10T): the interconnecting scallops, the leaves
- Tinta gold (22T): the contours of the card.

Painting
- Pinta-Perla green (08N): the interconnecting scallops up to the leaves
- Pinta-Perla white (01N) + Pintura violet (07): the flowers
- Pinta-Perla green (08N) + Pintura blue (02): a few leaves
- Pinta-Perla yellow (16N) + Pintura green (08) + Pintura brown (12): a few leaves.

Embossing
Emboss the whole pattern.

Perforating
Perforate the indicated areas with the 2-needle perforating tool. Perforate the contours of the card with the 4-needle perforating tool.

Cutting
Cut out the perforated areas. Cut the connections between the outer perforations along the contours of the card and remove excess paper.

Finishing off
Fold the card and add an insert of rainbow paper cut to size.

23. Fan

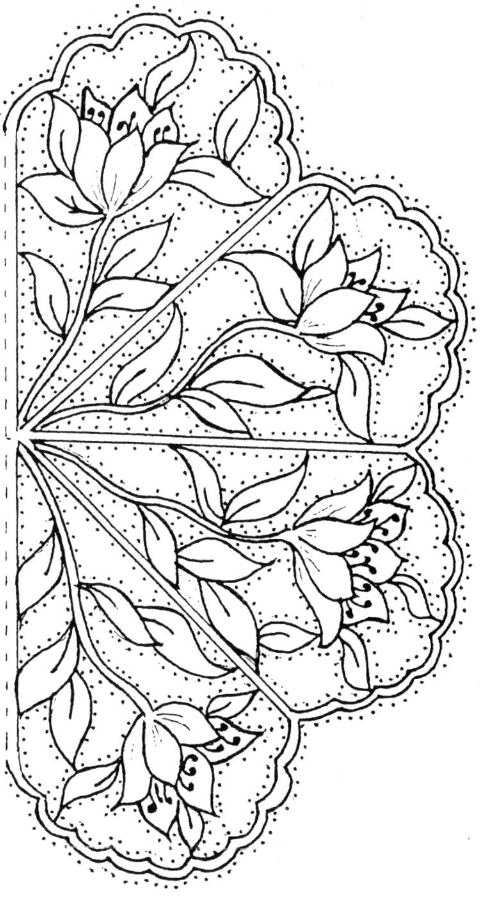

Tracing
- Tinta gold (22T): the contours of the fan and the interconnecting lines
- Tinta fuchsia (20T): the flowers
- Tinta leaf green (10T): the leaves and stalks.

Painting

- Pinta-Perla white (01N) + Pintura fuchsia (20): the flowers
- Pinta-Perla yellow (16N) + Pintura green (08): a few leaves
- Pinta-Perla green (08N) + Pintura green (08): a few leaves
- Pinta-Perla yellow (16N) + Pintura green (08) + Pintura brown (12): a few leaves.

Embossing

Emboss the whole pattern and the contours of the card.

Perforating

Perforate the indicated areas and the contours of the card with the 2-needle perforating tool.

Cutting

Cut out the perforated areas.

Finishing off

Fold the card and add an insert of rainbow paper cut to size.

24. Gift tag (I)

Tracing

- Tinta gold (22T): the whole pattern and the contours of the card.

Painting

- Pinta-Perla green (08N) + Pintura blue (02): the whole pattern.

Embossing

Emboss the whole pattern and the contours of the card.

Perforating

Perforate the indicated areas with the 2-needle perforating tool.

Cutting

Cut out the perforated areas.

Finishing off

Cut out the contours of the card with fancy shears. Fold the card and add an insert of rainbow paper cut to size.

25. Gift tag (II)

Tracing

- Tinta gold (22T): the whole pattern and the contours of the card.

Painting

- Pintura yellow (16) + Pintura blue (02): the whole pattern.

Embossing

Emboss the whole pattern and the contours of the card.

Perforating

Perforate the indicated areas and the contours of the card with the 2-needle perforating tool.

Cutting

Cut out the perforated areas. Cut out the contours of the card.

Finishing off

Fold the card and add an insert of rainbow paper cut to size.

WE ARE HAPPY TO ANNOUNCE ...

26. Bib

Tracing

- Tinta gold (22T): the contours of the front and back page of the bib, the neck, the rattle, the stalks next to the rattle, the dots on the rattle
- Tinta blue (02T): the bow.

Dorsing

- Dorso blue (assort. 1): the back page.

Painting

- Pinta-Perla white (01N) + Pintura blue (02): the bow, the scalloped lines and stripes on the rattle.

Perforating

As in the perforation pattern.

Embossing

Emboss the bow, the rattle, the contours of the front and back page of the bib, the neck, the decorations in the perforation pattern.

Cutting

Cut the perforations into crosses.

Finishing off

Perforate and cut out the bib and the neck. Fold the card.

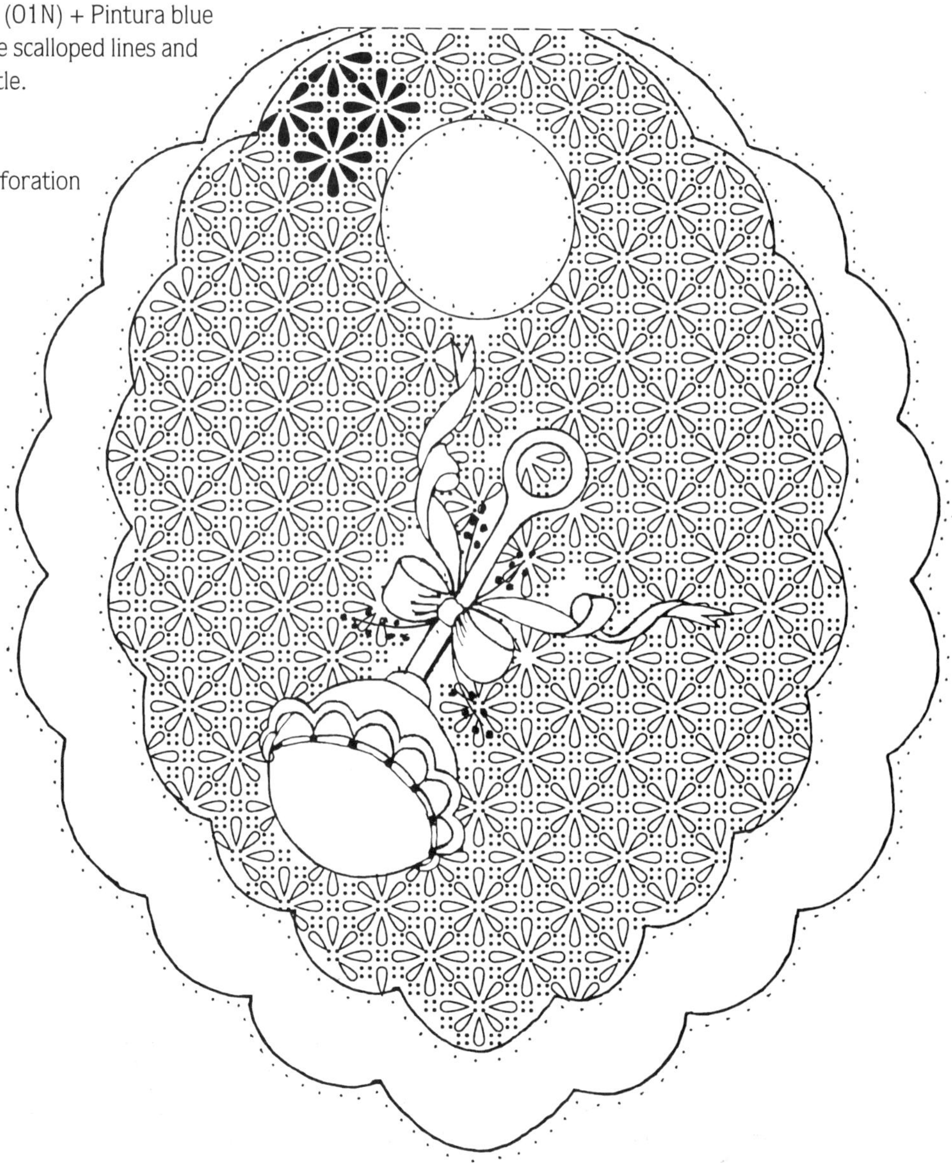

27. Bootees

Tracing
- Tinta gold (22T): the contours of the card, the pleats, the frame, the bootees
- Tinta fuchsia (20T): the bow.

Dorsing
- Dorso fuchsia (assort. 1): the bootees, the pleated border of the card.

Painting
- Pinta-Perla white (01N) + Pintura fuchsia (20): the bow.

Perforating
As in the perforation pattern.

Embossing
Emboss the contours of the card, the shoelaces, the pleats, the bow, the frame, the decorations in the perforation pattern.

Cutting
Cut the perforations into crosses.

Finishing off
Perforate and cut out the card. Fold the card.

28. Picture card

Tracing
- Tinta gold (22T): the contours of the card, the pleats, the frame
- Tinta blue (02T): the bow.

Painting
- Pinta-Perla white (01N) + Pintura blue (02): the bow.

Perforating
As in the perforation pattern.

Embossing
Emboss the contours of the card, the frame, the pleats, the bow, the decorations in the perforation pattern.

Cutting
Cut the perforations into crosses.

Finishing off
Perforate and cut out the card and the frame. Insert a picture behind the frame. Fold the card.

29. Dress

Tracing

- Tinta gold (22T): the text, the whole pattern except for the flowers and the leaves
- Tinta leaf green (10T): the leaves
- Tinta violet (07T): the flowers.

Dorsing

- Dorso fuchsia (assort. 1): the dress
- Dorso violet (assort. 1): the sleeves.

Painting

- Pinta-Perla white (01N) + Pintura violet (07): the flowers
- Pintura yellow (16) + Pintura green (08): the leaves
- Pintura white (01): the flower hearts
- Pintura brown (12): the stamens.

Perforating

As in the perforation pattern.

Embossing

Emboss the contours of the card, the pleats, the yoke, the dots on the sleeves and on the dress, the text, the flowers, the leaves, the decorations in the perforation pattern.

Cutting

Cut the perforations into crosses and slits.

Finishing off

Perforate and cut out the yoke and the contours of the dress. Perforate a hole with the single-needle perforating tool in every embossed dot on the slee-ves and on the skirt. Lace a silk ribbon through the perforations and tie a nice bow. Fold the card.

Gefeliciteerd
Gefeliciteerd

30. Congratulations!

Tracing

- Tinta gold (22T): the contours of the card, the bootees, the heart
- Tinta fuchsia (20T): the bow
- Tinta violet (07T): 5 flowers, the bows, the pom-poms
- Tinta sepia (12T): the rose
- Tinta leaf green (10T): the leaves.

Dorsing

- Dorso light green (assort. 1): below the bottom left flowers
- Dorso fuchsia (assort. 1): the bootees, around the bottom right ribbon
- Dorso turquoise (assort. 1): around the top left flowers
- Dorso blue (assort. 1): the whole front page.

Painting

- Pinta-Perla white (01N) + Pintura fuchsia (20): the bow
- Pinta-Perla white (01N) + Pintura violet (07): the 5 flowers, the bows and the pom-poms
- Pinta-Perla white (01N) + Pintura yellow (16): the rose
- Pinta-Perla yellow (16N) + Pintura green (08): a few leaves
- Pinta-Perla green (08N) + Pintura green (08): a few leaves
- Pintura brown (12): the stamens

Perforating

As in the perforation pattern.

Embossing

Emboss the decorations in the perforation pattern, the flowers, the leaves, part of the top of the bootees, the bows, the shoelaces, the pom-poms, the contours of the card.

Cutting

Cut the perforations into crosses and slits.

Finishing off

Perforate and cut out the card. Emboss little stalks between the flowers with the Pergamano embossing wheel. Fold the card.

MOVING HOUSE

31. Horseshoe

Tracing

- Tinta gold (22T): the contours of the card, the text
- Tinta black (11T): the horseshoe
- Tinta violet (07T): the little flowers
- Tinta sepia (12T): the large flower and 4 smaller flowers
- Tinta leaf green (10T): the leaves and stalks.

Painting

- Pinta-Perla white (01N) + Pintura brown (12) the 4 smaller flowers
- Pinta-Perla white (01N) + Pintura yellow ochre (05): the large flower
- Pintura orange (06): the flower hearts
- Pinta-Perla violet (07N) the little flowers
- Pinta-Perla yellow (16N) + Pintura green (08) + Pintura brown (12) the leaves.

Dorsing

Dorso black (assort. 2): the horseshoe.

Perforating

As in the perforation pattern.

Embossing

Emboss the flowers, a few leaves, the contours of the card, the decorations in the perforation pattern.
Emboss the "holes" in the horseshoe on the front side.

Cutting

Cut the perforations into crosses.

Finishing off

Cut out the card with fancy shears and fold the card. Apply little golden dots to the flower hearts in the perforation border. Add an insert in the colour of your choice, if desired.

32. Key

Tracing

- Tinta white (01T): the contours of the card
- Tinta violet (07T): the bow
- Tinta sepia (12T): the small flowers, the key
- Tinta fuchsia (20T): the rest of the flowers
- Tinta leaf green (10T): the leaves, the stalks
- Tinta gold (22T): the text.

Painting

- Pinta-Perla white (01N) + Pintura fuchsia (20): the large flowers
- Pintura yellow (16): the small flowers
- Tinta gold (22T): the key
- Pinta-Perla white (01N) + Pintura violet (07): the bow
- Pintura yellow (16) + Pintura green (08): the leaves
- Pintura brown (12): the stamens of the small flowers.

Perforating

As in the perforation pattern.

Embossing

Emboss the key, the flowers, the bow, the leaves, the contours of the card, the text, the decorations in the perforation pattern.

Cutting

Cut the perforations into crosses.

Finishing off

Fold the card. Perforate and cut out the card. Add an insert in the colour if your choice, if so desired.

Veel Geluk
in het
Nieuwe Huis
Veel Geluk
in het
Nieuwe Huis

33. Door with flower wreath

Tracing
- Tinta gold (22T): the contours of the card, the door, the doorknob, the hinges, the windows in the door
- Tinta sepia (12T): the flowers
- Tinta leaf green (10T): the leaves
- Tinta red (03T): the bow.

Painting
- Pintura yellow (16) the flowers
- Pintura brown (12): the flower hearts
- Pintura yellow (16) + Pintura red (03): the bow
- Pintura yellow (16) + Pintura green (08): a few leaves
- Pintura yellow (16) + Pintura green (08) + Pintura brown (12): a few leaves
- Pintura yellow (16) + Pintura brown (12): a few leaves.

Perforating
As in the perforation pattern.

Embossing
Emboss the flowers, the bow, the doorknob, the hinges, the door, the windows, the contours of the card, the decorations in the perforation pattern.

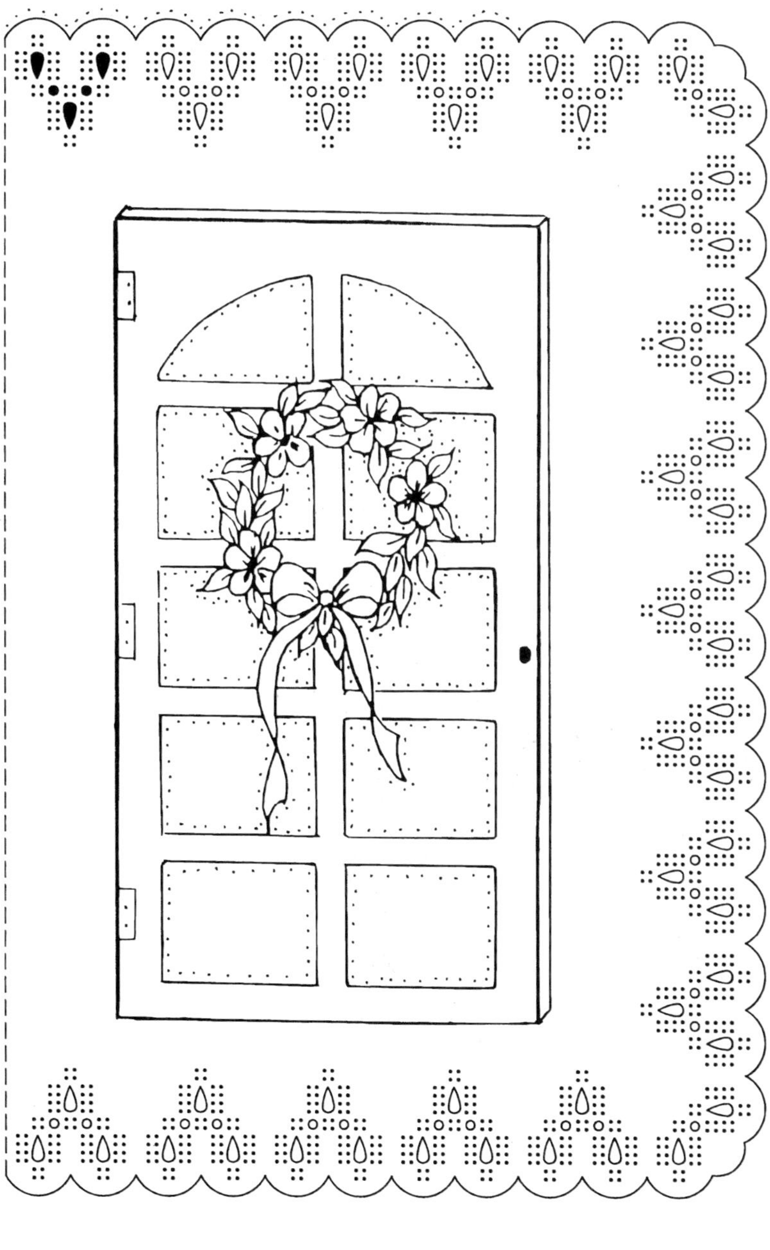

Cutting
Cut the perforations into crosses and slits.

Finishing off
Perforate and cut out the windows in the door, as indicated. Perforate and cut out the card. Fold the card. Add an insert of the colour of your choice.

GIFT WRAPPINGS II

34. Pink butterfly

Tracing
- Tinta sepia (12T): the body of the butterfly
- Tinta gold (22T): the rest of the butterfly.

Painting
- Pinta-Perla bronze (30N) + Pintura brown (12): the body of the butterfly
- Pinta-Perla skin colour (13N) + Pintura fuchsia (20): the rest of the butterfly.

Embossing
Emboss the whole pattern.

Perforating
Perforate the indicated areas with the 2-needle perforating tool. Do not perforate the contours of the butterfly yet.

Cutting
Cut out the perforated areas.

Finishing off
Take another sheet of parchment paper and dorse it with Dorso fuchsia (assort. 1) on both sides. Apply Pergakit to the reverse side of the body of the butterfly and glue it on to the dorsed piece of parchment paper. Let it dry well. Perforate both layers of paper along the contours of the butterfly with the 2-needle perforating tool and cut out each layer separately. Make feelers from thin nylon wire with a little pearl attached to it, and glue them to the reverse side of the body of the butterfly with Pergakit.

35. Golden butterfly

Tracing
- Tinta gold (22T): the whole butterfly.

Embossing
Emboss the whole pattern.

Perforating
Perforate the indicated areas with the 2-needle perforating tool. Do not perforate the contours of the butterfly yet.

Cutting
Cut out the perforated areas.

Finishing off
Take another sheet of parchment paper as large as the butterfly. Apply Pergakit to the reverse side of the body of the butterfly and glue it to the second sheet of parchment paper. Let it dry well. Perforate both layers of paper along the contours of the butterfly with the 2-needle perforating tool and cut out each layer separately. Make feelers from thin nylon wire with a little pearl attached to it, and glue them to the reverse side of the body of the butterfly with Pergakit.

INSCRIPTIONS

For your projects:

Happy Birthday! Congratulations!

Thank You! Get well soon!

Lots of success! You passed!

Much happiness! Menu:

Happy Birthday! Invitation:

Thanks! Have a nice trip!

For Grandfather! For Grandmother!

Have a nice holiday! Hurray, a daughter!

Hurray, a son! Season's Greetings

Happy New Year Merry Christmas

Good luck in your new house!

cocina canaria

susaeta

Índice

Para saber más...

Canarias, clima y paisaje privilegiados

Aseguraba el escritor y periodista Julio Camba que la cocina es el paisaje y el clima. Si esto es cierto, entonces la gastronomía de las Canarias, que son para muchos un reducto de sol, temperaturas suaves y naturaleza fértil al que escapar cuando los días son cortos, lluviosos, fríos y tristes, debe de ser tan afortunada como su clima y su paisaje.

Homero ya habló en *La Odisea* de las Canarias como una tierra donde viven los dioses y los hombres pasan una vida dulce y tranquila, sin nieves ni inviernos rígidos. Plinio el Viejo las bautizó como las «Islas Afortunadas», mientras que otros han creído ver en ellas restos de la mítica Atlántida, el gran continente lleno de riqueza y conocimientos al que Zeus castigó sumergiéndolo en el agua cuando sus habitantes descubrieron el secreto de los dioses. La versión más científica, aunque no menos interesante, explica el origen volcánico de las islas. Las Canarias son un archipiélago compuesto por siete islas (Tenerife, con 2.000 km^2 es la mayor, y El Hierro, con 277 km^2, la más pequeña) y varios islotes, que emergieron del mar a causa de terremotos y erupciones volcánicas, producto de las tensiones entre las placas africanas y euroasiáticas. Este origen convulso y violento ha quedado plasmado en el paisaje en forma

de abruptos acantilados, calderas apagadas, playas de arena negra y valles fértiles de lava, y por supuesto en el majestuoso Teide, considerado por los aborígenes un monte sagrado al que denominaban *Echeyde*, o «infierno».

El mejor clima del mundo

Para César Manrique, las Canarias, con abundante sol todo el año y una temperatura que oscila entre los 12 y los 25 °C, tenían «el mejor clima del mundo». Una teoría que en 1996 confirmó un estudio de la Universidad de Siracusa tras analizar seiscientas ciudades de todo el planeta. En concreto, el estudio se refería a Las Palmas de Gran Canaria, pero la afirmación es válida para todo el archipiélago. En realidad tendría que hacer mucho más calor, porque las islas se hallan muy cerca del ecuador, frente a las costas del Sáhara, pero los alisios y la corriente fría de Canarias refrescan el aire y el mar. Además, los vientos recogen la humedad del océano y al calentarse forman condensaciones o nieblas espesas, que riegan con calma las regiones altas, formando las magníficas zonas verdes que se pueden contemplar, sobre todo, en las islas occidentales y Gran Canaria.

Sin embargo, el clima no es uniforme en todo el archipiélago. Poco tienen en común las islas altas o las bajas, las occidentales y las orientales, incluso dentro de cada una de ellas, según uno se encuentre en las montañas o en la costa, al norte o al sur, se pueden encontrar distintos microclimas y paisajes.

Un recorrido por las islas

Gran Canaria

Gran Canaria comprende dos partes bien diferenciadas: el norte es fértil y habitado, mientras que el sur está marcado por la erosión. Sus distintos microclimas (fresco, nublado e incluso torrencial en las cumbres, desértico y árido en el litoral meridional, con extensas playas de dunas) le permiten ofrecer desde productos septentrionales, como castañas, nueces o peras, hasta frutos tropicales, como guayabas, aguacates, papayas, mangos o café. Abundan las plantaciones de plátanos y mantiene una tradicional actividad agrícola de invierno cuyos productos se exportan a Europa.

Tenerife

La principal atracción de Tenerife es el Teide, con nieves casi perpetuas. Los plátanos se cultivan especialmente en las localidades norteñas y en el valle de la Orotava, donde abundan los huertos y jardines. La bondad de su clima y la fertilidad de sus suelos permitieron que arraigaran y se multiplicaran perfectamente las papas llegadas de América, hoy convertidas en su producto más famoso, junto con vides, hortalizas, frutales y espárragos.

La Palma

En La Palma, conocida como la «isla verde» o la «isla bonita», las extensiones de bosques y huertas contrastan con los volcanes, como la enorme caldera de Taburiente, regada de manantiales. La isla se distinguió desde la colonización por sus plantaciones azucareras, hoy muy escasas, que recuerdan que el ron es originario de las Canarias.

Fuerteventura

Fuerteventura es una isla soleada y desértica, a la cual se han adaptado perfectamente los tomates, con gran aceptación en Europa, y las cabras, que dan el delicioso queso majorero.

Lanzarote

En Lanzarote, la humedad y fertilidad del clima y de la tierra horadada por decenas de volcanes resulta excelente para los cultivos de vides, legumbres secas, higos, sandías y melones.

La Gomera

Si Lanzarote es la isla de los volcanes, La Gomera es la de los barrancos, regados por numerosos manantiales y arroyos, y también de las palmeras, traídas de África por los colonizadores, cuya savia (el guarapo) aprovechan los nativos.

El Hierro

Finalmente, El Hierro, la más pequeña y occidental del archipiélago (por lo que fue considerada un tiempo el final de la Tierra), está atravesada por una línea dorsal de montañas que acaban en abruptos acantilados en el mar. En sus reducidas dimensiones conviven campos de lava desérticos, bosques, pinares, pastizales o bien plantaciones de plátano. Aquí, como en todo el archipiélago, la variedad y fertilidad de sus paisajes y climas, sumada a su diversidad, se reflejará también en su gastronomía.

Los viñedos de Lanzarote forman curiosas figuras en el paisaje volcánico.

Una gastronomía diversa y plural

Con una privilegiada situación en el Atlántico, entre Europa y África, y entre Europa y el Nuevo Mundo, las Canarias han recibido del mar numerosas influencias y aportaciones venidas de lugares dispares como Portugal, Magreb, Gran Bretaña, la España peninsular, América, etc., que se han traducido en una gastronomía diversa y plural. Por el mar llegaron también las papas o el plátano, que arraigaron tan profundamente que hoy se han convertido en los ingredientes más famosos del archipiélago.

Al margen de su desarrollo culinario intrínseco, la proximidad de las Canarias a África fue, quizá, el primer factor condicionante de los modos de cocinar y los ingredientes empleados. Sobre el origen y la cultura de los guanches se ha escrito mucho y se sabe poco, si bien parece confirmado que este pueblo bereber introdujo en el archipiélago el cultivo de la cebada, un cereal que ahora se utiliza poco, frente a aquellos aportados por el Imperio romano y los que llegaron del otro lado del Atlántico.

El gofio, un signo de identidad

Lo que sí parece transmitir un aroma y una manera de comer bereber es uno de los alimentos más apreciados, que constituye un signo de identidad genuinamente canario: el gofio. En su origen consistía en la harina de cebada tostada, si bien en la actualidad se tiende a utilizar el gofio de millo (maíz), que resulta más suave al paladar. Todas las culturas tienen algún cereal en sus diversas formas como base de su alimentación: el pan, las tortillas, las pizzas, las crepes o el gofio. Se trata, a fin de cuentas, de proporcionar energía al cuerpo a partir de un producto de fácil obtención y resistente a las variaciones meteorológicas, de manera que se garantiza el abastecimiento. El gofio fue, en el caso de las Canarias, ese alimento elaborado con cereales de los primeros pobladores. Después se consi-

deró un alimento de pobres y sufrió un cierto desprecio absolutamente injusto. No obstante, en la actualidad vuelven a valorarse sus magníficas propiedades: el valor alimenticio, la facilidad de preparación, las características organolépticas y, por último, pero muy importante, el reducido precio.

El gusto por las carnes

Otro rasgo probablemente heredado de la cultura guanche es el gusto por la carne, que abunda en la gastronomía canaria incluso por encima del pescado, a pesar de la presencia constante del mar. Esta preferencia denota un origen cultural arraigado en el norte de África, donde el mar siempre queda lejos, mientras que la caza y el pastoreo son formas de vida casi inevitables. En este sentido, el baifo (cabrito), la res (ternera) y el cochino (cerdo) son los animales más apreciados en la comida canaria, mientras que las aves y los huevos tienen una presencia escasa y, probablemente, con un origen en tiempos bastante recientes.

Los quesos canarios

La elaboración de quesos se ha desarrollado con una abundancia y una calidad extraordinarias. Hay quesos frescos y curados en todas y cada una de las islas, y no es casualidad que el almogrote suela prepararse en todas las casas y siempre esté listo a la hora de picar.

La influencia romana

Por supuesto, los romanos, más desde África que desde la Península, aportaron algunos elementos de esos que parece que siempre hayan estado en la cocina y de los que sería muy difícil prescindir, como el aceite y, por ende, las aceitunas, los higos y el vino. Aunque no sean objeto de este libro, los vinos canarios han alcanzado un nivel de especificidad y exquisitez difícil de imaginar, que, lamentablemente, no se refleja en la facilidad de adquirirlos en la Península.

Un punto de parada fundamental

El hecho que marca un punto de inflexión en la historia de las islas Canarias es la conquista del archipiélago por parte de la Corona de Castilla; tanto por el contacto que a partir de ahí se estableció con la Península como, sobre todo, porque convirtió las islas en el punto de partida y de llegada de algunos viajes fundamentales a América y, desde luego, en la escala perfecta para unas rutas en dos partes que constituirían la salvación alimentaria de todos. Cuesta imaginar qué comían y cómo cocinaban en Europa antes de que llegaran el tomate, los pimientos, las patatas, el maíz y el chocolate, entre otros alimentos. Algunos de ellos son indisociables de la gastronomía canaria. La idea, el olor, el sabor y la textura de las papas arrugás son consustanciales a la comida de estas islas. Como lo son los mojos (salsas), unos preparados con pimientos de todo tipo y otros con hierbas aromáticas: ambos elementos llegados de tierras lejanas, pero tan bien integrados que ya parecen majoreros, conejeros, tinerfeños, herreños, palmeros, gomeros, etc.

Tantas recetas como pueblos

La cocina canaria mantiene un fuerte arraigo a la tierra. Al tratarse de islas, no se podía contar con que los ingredientes llegaran de fuera, y los platos se fueron elaborando con los alimentos que se tenía a mano. Por esta razón, algunas especialidades muy conocidas

se extienden por todo el archipiélago, pero presentan particularidades en las distintas islas. Así, para preparaciones como el frangollo, el cocido canario, el sancocho, el bienmesabe, las pellas, los huevos mole y las carajacas, entre muchas otras, hay tantas recetas como pueblos y casi como barrios, y, desde luego, especialidades por islas, si bien siempre establecidas alrededor de una esencia canaria que define el plato como isleño y atlántico. En este libro se ha optado por presentar una sola receta de cada especialidad, siguiendo la preparación más estandarizada. También cabe destacar que en muchos platos canarios abundan los pimientos y las pimientas. Naturalmente en este ámbito, como en el de la sal y la grasa, el gusto propio manda e invita a modificar las recetas según las preferencias o las necesidades personales. Otro tanto ocurre con los platos que incorporan vino, un ingrediente del que siempre se puede prescindir.

Un lenguaje propio

Mención aparte merecen los nombres utilizados para designar algunos ingredientes comunes. No son los sustantivos de la Península ni las denominaciones americanas, sino términos específicamente canarios que reflejan y, al mismo tiempo, simbolizan la particular idiosincrasia del archipiélago, que arraiga en tres continentes y hace brotar un árbol nuevo y delicioso. Existen diccionarios de términos canarios, algunos dedicados exclusivamente a la cocina.

Hierba huerto
Hierbabuena

Millo
Maíz

Papa
Patata

Bubango
Calabacín

Garbanzas
Garbanzos

Pimienta picona
Guindilla

Glosario canario

Se presenta en estas páginas un breve glosario de los términos canarios utilizados en este libro, en el que se ha respetado la forma con que los canarios cuentan y explican sus recetas.

Jarea
Pescado salado y secado, preferentemente al sol

Tuno
Higo chumbo

Gofio
Harina tostada de cereales, generalmente de maíz

Rejo
Tentáculo

Pella
Masa, pelota

Enyesque
Aperitivo, tapa, entrante

Pejín
Pez pequeño, generalmente sardina o boquerón, salado y seco

Cherne
Mero

Vieja
Loro viejo

Sama
Dentón

Chicharro
Jurel

Tollo
Tira de cazón (o marrajo) salada y secada al sol

Res
Ternera

Baifo
Cabrito

Mojo
Salsa

Cochino
Cerdo

Chuchangos
Caracoles

Sancochar
Cocer, hervir

enyesques y mojos

El gofio, el pan de Canarias

Considerado el pan de los guanches, el gofio ocupa un lugar privilegiado en la mesa de las Canarias. Desde tiempos muy antiguos es un ingrediente básico de numerosos platos tradicionales, como las pellas, el escaldón o el rancho canario, pero también está presente en recetas modernas e imaginativas, como turrones, helados y mousses. Su elaboración sigue siendo una actividad artesanal.

La harina de cereales tostados y molidos es un alimento muy antiguo, conocido y utilizado por los guanches. Los antiguos habitantes de las Canarias la elaboraban con trigo, cebada, algunos leguminosos y, a partir del siglo XVI, también con el millo (maíz) que los colonizadores españoles trajeron procedente de América. Tostaban los cereales en recipientes de barro y lo molían en molinos de mano de piedra basáltica, para amasarlo a continuación con agua y sal o, en las familias más adineradas, con leche, miel y manteca.

Un alimento muy nutritivo

Desde entonces, por su gran valor nutritivo (es muy rico en vitaminas del grupo B, hidratos de carbono, proteínas, hierro, calcio, fibra, etc.), su versatilidad (se puede tomar como enyesque, de postre o como acompañamiento de platos principales, y queda delicioso tanto si se combina con carnes como con pescados, moluscos o productos lácteos) y su bajo coste, ha sido un alimento fundamental, con el que han desayunado la mayoría de los niños canarios, y también muy socorrido en épocas de carestía.

Los canarios han ideado un buen número de recetas con gofio: desde la humilde pella (elaborada simplemente con agua, azúcar y aceite) o el escaldado (mezclado con caldo y dejándolo cocer a fuego lento), hasta el escaldón de gofio (que suele tomarse para acompañar caldos, pucheros y cazuelas) y el completo rancho canario. A la hora del postre, el gofio se degusta como caramelo mezclado con nueces, miel y azúcar, amasado con plátanos o higos, y en forma de helado, mousse, turrón o incluso licor.

Los cereales del gofio

Hoy los gofios más habituales son el de trigo, especialmente en Tenerife y La Palma, y el de millo, en Gran Canaria y las islas orientales, pero también existen los de cebada, habas, garbanzos, avena, altramuces, etc. Son habituales y apreciados los gofios de mezcla, elaborados con dos o más componentes (en Tenerife se fabrica un gofio con ocho tipos de grano). En los últimos años se han incorporado nuevos cereales y legumbres, como el sergo, el arroz, la soja o las semillas de linaza, y han aparecido gofios especiales, con menos calorías y sin sal, aptos para personas que han de vigilar la tensión y cuidar su peso.

Cada gofio es diferente

El gofio se caracteriza por un aroma seco, penetrante y terroso; un color amarillento, que variará en función del tipo de grano y del tueste, y una textura polvorienta (que no agrada a todos los paladares). Aunque los ingredientes sean los mismos, cada gofio es diferente, pues el resultado depende en gran parte de las características que le aporta el molino que lo elabora. El grado de tueste que se le dé al grano, la cantidad de sal, la velocidad y la separación de las muelas en la molienda, la proporción de granos (cereales o legumbres), etc.: cada molino tiene su propia «fórmula magistral» y los molineros la guardan celosamente.

Un bien cultural

Con los años, y más allá de la mesa, el gofio ha dejado su huella en el patrimonio cultural y en el paisaje de las Canarias. Se ha colado en el lenguaje en forma de expresiones (aquí, «estar hecho un gofio» significa estar molido o muy cansado, y «hacerse gofio», hacerse pedazos). Se ha metido en las casas en forma de enseres del ajuar doméstico y aperos, como molinos de mano y tostadores, que muchas familias tenían en la propia casa. Y sobre todo ha esparcido por todas las islas los molinos, de agua, viento, fuego, motor o electricidad. Muchos de ellos dejaron de funcionar en la década de 1960, cuando el gofio entró en una época de retroceso, y el consumo se limitó en su mayor parte al ámbito local y rural.

El renacimiento del gofio

Pero en los últimos años, en distintos puntos de las islas, se está trabajando por recuperar los antiguos molinos: es el caso del molino de agua de Firgas, del año 1517, el más antiguo de las islas que todavía sigue en funcionamiento, y que ha sido declarado Bien de Interés Cultural. Igualmente, el gofio recupera el terreno perdido, conquistando a nuevos consumidores, pasando del campo a la ciudad, de la casa al restaurante y del ámbito local al global. Buena culpa de ello la tiene seguramente el auge de lo natural y lo ecológico, pero también el magnífico trabajo de los productores, que esperan lograr el sello de Indicación Geográfica Protegida para el gofio. De esta manera, sería fácil disfrutar de este alimento ancestral sin necesidad de viajar a las Canarias.

DIFICULTAD: ***BAJA***
TIEMPO DE PREPARACIÓN: ***20 MINUTOS***

Gofio escaldado

Ingredientes

para 4 personas

1 l de caldo de pescado o de verduras
250 g de gofio
1 ramita de hierba huerto
1 cebolla mediana (opcional)
2 dientes de ajo (opcional)
sal

Preparación

1. Colocar el gofio en un cuenco. Lavar y picar la hierba huerto y mezclarla con el gofio.
2. A continuación, hervir el caldo y verterlo inmediatamente sobre el gofio.
3. Remover sin parar para evitar que se formen grumos.
4. Rectificar de sal y aderezar con ajos fritos o con cebolla cruda marinada con agua y sal.
5. Disponer el gofio en cuencos individuales, decorar al gusto y servir caliente.

DIFICULTAD: ***MEDIA***
TIEMPO DE PREPARACIÓN: ***30 MINUTOS***

Papas arrugás

Ingredientes
para 4 personas

1 kg de papas pequeñas
400 g de sal gorda

Preparación

1 Lavar las papas y quitarles los brotes si los tuvieran.

2 Colocarlas en una cazuela de fondo amplio de manera que no queden en varias capas y verter agua fría hasta cubrirlas.

3 Añadir la sal gorda y tapar la cazuela. Cocer las papas durante 15 minutos a fuego fuerte.

4 Una vez pasado el tiempo, pincharlas a fin de comprobar el punto de cocción. Si no estuvieran en su punto dejarlas cocer 5 minutos más, ya que el tiempo de cocción dependerá del tamaño de las papas.

5 Retirar la cazuela del fuego y sin destaparla desechar el agua. Mover la cazuela 3 o 4 veces a intervalos de 2-3 minutos.

6 Destaparla y comprobar que las papas están secas y que la piel haya quedado arrugada y blanquecina.

Se pueden servir con cualquier mojo, pero el picón es el más consumido con las papas arrugás (véase Mojo picón de tomate, pág. 24.

DIFICULTAD: ***MEDIA***
TIEMPO DE PREPARACIÓN: ***45 MINUTOS (MÁS LA PREPARACIÓN DEL MOJO)***

Papas de labrador

Ingredientes

para 4 personas

1 kg de papas nuevas pequeñas
400 g de queso tierno
*mojo verde de perejil, orégano y cilantro**
250 g de gofio de millo (maíz)
sal

** véase Mojo verde de perejil, orégano y cilantro, pág. 26*

Preparación

1. Lavar las papas, colocarlas enteras y sin pelar en una cazuela y cubrirlas con agua con sal.
2. Cocerlas durante 20 minutos o hasta que estén blandas.
3. Mientras tanto, amasar el gofio con un poco de agua hasta conseguir una masa consistente y extenderlo en una bandeja de servir.
4. Cortar el queso en trozos pequeños y repartirlos sobre el gofio.
5. Cortar las papas por la mitad. Disponerlas sobre el gofio amasado y poner un poco de mojo por encima.

Si se desea que el plato sea más contundente, se pueden freír 200 g de chicharrones y esparcirlos junto con el queso.

DIFICULTAD: ***BAJA***
TIEMPO DE PREPARACIÓN: ***20 MINUTOS***

Mojo picón de tomate

Ingredientes

para 4 personas

500 g de tomates maduros
4 dientes de ajo
50 ml de aceite de oliva
50 ml de vinagre
una pizca de comino
1 pimienta roja picona
pimienta
sal

Preparación

1 Escaldar los tomates en un recipiente con agua hirviendo y retirarles la piel y, si se desea, las pepitas.

2 Triturar la pulpa de los tomates junto con los dientes de ajo pelados, el aceite, el vinagre, el comino, una pizca de sal, la pimienta picona y pimienta al gusto.

3 Si se desea que el mojo quede más picante, añadir otra pimienta picona y volver a triturar hasta lograr una salsa homogénea.

Si lo que se quiere es obtener un aliño completamente líquido, se puede pasar el mojo por un chino o un colador fino.

DIFICULTAD: ***BAJA***
TIEMPO DE PREPARACIÓN: ***20 MINUTOS***

Mojo verde de perejil, orégano y cilantro

Ingredientes

para 4 personas

1 manojo mediano de perejil
4-5 ramitas de orégano fresco
1 pimienta picona verde
1/2 cucharada de semillas de cilantro
1 cucharadita de comino
4 dientes de ajo
200 ml de aceite
30 ml de vinagre
sal

Preparación

1 Pelar y majar los dientes de ajo en un mortero junto con la pimienta picona, las semillas de cilantro, el comino, las hojas de orégano y una pizca de sal.

2 Picar muy finas las hojas del perejil y añadirlas a la majada.

3 Agregar el aceite poco a poco sin dejar de remover. Por último, añadir el vinagre y mezclar bien.

Si el mojo queda muy espeso, se puede verter un poco de agua hasta obtener la textura deseada.

DIFICULTAD: ***MEDIA***
TIEMPO DE PREPARACIÓN: ***20 MINUTOS***

Almogrote gomero

Ingredientes

para 4 personas

400 g de queso viejo (gomero o majorero)
1 pimienta picona
4 tomates pequeños
6 dientes de ajo
150 ml de aceite de oliva

Preparación

1 Rallar el queso. Pelar y majar muy bien los ajos junto con la pimienta picona. Escaldar los tomates, quitarles la piel, retirar las pepitas y trocearlos.

2 Colocar en la batidora el queso, la majada y el tomate troceado.

3 Triturar y, con la máquina en marcha, añadir el aceite poco a poco mientras se bate la mezcla hasta obtener una salsa untuosa, de consistencia similar a un paté. Servir con pan tostado.

primeros platos

El rancho canario, completo y humilde

El rancho canario es una buena muestra del gusto de los isleños por los potajes y ollas, que ocupan buena parte de su gastronomía. Como ocurre con muchos otros platos, no existe una receta única, sino que cada familia se precia de tener su propia versión y su particular método de elaboración.

La base de todo rancho incluye siempre las garbanzas (que son los garbanzos más nobles, grandes, blancos y tiernos, y por ello más fáciles de guisar), los fideos, las omnipresentes papas, el chorizo, la fritura de cebolla y las carnes.

Plato de pobres

En su origen el rancho era un plato humilde, concebido en época de hambrunas y para las clases sencillas, por lo que no solía llevar carnes, pero hoy es común prepararlo con chorizo, costillas de cochino (el nombre que recibe en las islas el cerdo) y ternera. En Gran Canaria, las garbanzas se suelen sustituir por judías negras. Y, si se quiere seguir a rajatabla la tradición, el rancho canario se tomará acompañado de gofio y se servirá en el lebrillo.

Una procedencia incierta

Se cree que el rancho canario podría tener origen portugués, pero también está emparentado con el popular puchero canario, derivado de la olla peninsular, que incluye carnes y verduras de todo tipo, y del pote, un enjundioso plato procedente de Galicia que incorpora verduras, hierbas silvestres, berros y granos de cereales.

DIFICULTAD: ***BAJA***
TIEMPO DE PREPARACIÓN: ***2 HORAS (MÁS EL REMOJO)***

Rancho canario

Ingredientes

para 4 personas

500 g de solomillo de cochino
250 g de garbanzas
400 g de papas
200 g de fideos
100 g de chorizo
2 tomates grandes maduros
1 cucharada de pimentón dulce
unas hebras de azafrán
sal

Esta receta se puede servir como plato único, pero si se desea consumir como segundo plato, basta con emplear solo la mitad de la preparación.

Preparación

1 Dejar las garbanzas en remojo al menos durante 8 horas. Escaldar los tomates en un cazo con agua hirviendo, retirar la piel y las semillas, trocearlos y sofreírlos ligeramente.

2 Cortar el solomillo en dados de 1 cm de grosor, picar el chorizo en trozos pequeños e incorporar ambos ingredientes al sofrito. Remover bien a fuego fuerte durante unos minutos.

3 Disponer el sofrito en una cazuela de base ancha. Incorporar, a continuación, las garbanzas, el pimentón, el azafrán y un poco de sal; remover bien y cubrir con agua.

4 Cocer todo a fuego fuerte y, cuando comience a hervir, reducirlo. Añadir las papas y cocer durante 1 hora o hasta que las garbanzas estén tiernas. Vigilar que no se quede sin agua, aunque el caldo debe ir espesándose a medida que se deshagan las papas.

5 Probar y, si es necesario, rectificar de sal. Seguidamente, agregar los fideos y cocer durante 10 minutos.

6 Una vez transcurrido este tiempo, dejar que repose 15 minutos y servir sin volver a calentar.

DIFICULTAD: ***BAJA***
TIEMPO DE PREPARACIÓN: ***30 MINUTOS***

Caldo de papas y huevos

Ingredientes

para 4 personas

2 kg de papas
1 cebolla mediana
2 tomates grandes maduros
2 dientes de ajo
1 puerro mediano
4 huevos
1 ramita de perejil
1 ramita de cilantro
1 cucharadita de pimentón
100 ml de aceite
3 hebras de azafrán
sal

Preparación

1 Pelar las papas, trocearlas y ponerlas en una cazuela al fuego con el aceite.

2 Picar muy finamente la cebolla, el puerro y el perejil, y añadirlos a la cazuela.

3 Pelar los tomates, cortarlos en cuartos y agregarlos también.

4 Asimismo, incorporar el cilantro picado, el pimentón, el azafrán, un poco de sal y los ajos majados.

5 Cocer todo a fuego fuerte sin dejar de remover.

6 Cuando los ingredientes estén ligeramente dorados, cubrirlos con agua.

7 Cuando las papas estén blandas, rectificar de sal e incorporar los huevos. Una vez hayan cuajado, apagar el fuego y servir.

DIFICULTAD: ***MEDIA***
TIEMPO DE PREPARACIÓN: ***1 HORA Y 15 MINUTOS***

Puchero de Tirajana

Ingredientes

para 4 personas

1 kg de bubangos (calabacines)
1 kg de papas
*500 ml de caldo de rancho**
carne sobrante del rancho canario
4 tomates medianos maduros
2 cebollas tiernas
2 dientes de ajo
4 ramitas de cilantro o de perejil
150 ml de aceite
sal

** véase Rancho canario, pág. 32*

Preparación

1 Trocear las papas peladas y los bubangos lavados y sin pelar. Cortar en rodajas los tomates y las cebollas. Salar todas las verduras al gusto.

2 Dorar ligeramente los ajos en una sartén y majarlos con el cilantro o el perejil picado.

3 Disponer en una cazuela o bandeja refractaria de base ancha una capa de papas y, encima, una de bubangos, cebolla y tomate. Rociar con el aceite de dorar los ajos y verter el caldo de rancho hasta cubrir todo. Desmenuzar la carne de rancho y dorarla en una sartén con una gota de aceite. Mezclarla con los ajos y el cilantro.

4 Disponerla sobre la capa de tomate, cebolla y bubangos y hornear todo a 150 ºC durante 10-15 minutos o hasta que la cebolla esté tierna.

5 Retirar del horno, dejar reposar y servir caliente.

Si se desea, tras sacar la cazuela del horno, se pueden poner encima de 2 a 4 huevos sin batir, con cuidado de que no se rompan, volver a meter en el horno y retirar cuando hayan cuajado.

DIFICULTAD: ***BAJA***
TIEMPO DE PREPARACIÓN: ***40 MINUTOS***

Caldo de sama

Ingredientes
para 4 personas

1 kg de sama o cherne
500 g de papas
1 pimiento rojo
1 tomate
1 cebolla
3 dientes de ajo
1 pimienta picona pequeña
2 cucharadas de aceite
1 manojo de cilantro
sal

Preparación

1 Pelar las papas, lavarlas y trocearlas. Rehogarlas en una cazuela con el aceite y agregar agua suficiente para cubrirlas.

2 Incorporar el tomate, el pimiento partido por la mitad y sin pepitas, la cebolla, la pimienta picona, los dientes de ajo, el cilantro y una pizca de sal.

3 Cortar el pescado en trozos y añadirlo.

4 Cocer todo hasta que las papas estén casi desechas. A continuación, colar el caldo y desmenuzar el pescado.

5 Servir el caldo con el pescado bien caliente. Se puede acompañar con tostones de pan frito.

DIFICULTAD: **MEDIA**
TIEMPO DE PREPARACIÓN: **1 HORA Y 30 MINUTOS**

Sopa tinerfeña

Ingredientes
para 4 personas

250 g de mejillones
250 g de almejas
250 g de jibias escurridas
(400 g si son congeladas)
250 g de calamares escurridos
(400 g si son congelados)
250 g de pescado (cherne, rosada, sama, mero o una mezcla de ellos)
1 raspa de pescado grande
2 tomates medianos maduros
1 pimiento rojo mediano
1 cebolla mediana
2 dientes de ajo
12 gambas
aceite
200 g de almendras o avellanas peladas
1 hoja de laurel
100 g de pan frito
sal

Preparación

1 En una cazuela con agua, hervir los mejillones y las almejas con el laurel. Cuando se abran, retirarlos, desechar las valvas y reservar la carne.

2 Incorporar la raspa entera de pescado a la cazuela con el agua de cocer las almejas y los mejillones, cocerla durante 10 minutos y retirarla.

3 Cortar en trozos medianos las jibias y los calamares y cocerlos en la misma cazuela durante 10 minutos.

4 En una sartén con un poco de aceite, dorar las gambas. Presionarlas con un tenedor hasta que suelten todo su jugo. Retirarlas, pelarlas y reservar las colas.

5 Picar la cebolla y el pimiento. Cortar los ajos en láminas. Escaldar, pelar y trocear los tomates. Pochar las hortalizas y los ajos cortados en láminas en una sartén con abundante aceite.

6 Majar los frutos secos e incorporarlos. Triturar el sofrito resultante y agregarlo a la cazuela. Añadir los trozos de pescado, las gambas peladas, los mejillones y las almejas, y hervir durante 5 minutos.

7 Probar y rectificar de sal. Servir con tostones de pan frito.

DIFICULTAD: ***MEDIA***
TIEMPO DE PREPARACIÓN: ***1 HORA***

Potaje de berros y alubias

Ingredientes

para 4 personas

1 manojo de berros
250 g de alubias blancas
100 g de calabaza
100 g de judías verdes
2 papas medianas
1 bubango (calabacín) grande
2 zanahorias grandes
1 diente de ajo grande
1 mazorca de millo (maíz)
2 cucharadas de aceite
1 ramita de perejil
sal

Preparación

1. Poner las alubias en remojo la víspera.
2. En una cazuela con agua a punto de hervir y una pizca de sal, cocer las alubias escurridas.
3. Cuando estén a medio cocer, pelar y cortar en dados la calabaza, las papas, el bubango, las judías verdes y las zanahorias, y añadirlos a la cazuela.
4. Cuando lleven 10 minutos hirviendo, incorporar los berros, el millo troceado, el diente de ajo partido por la mitad y sin pelar, el perejil, el aceite y un poco de sal.
5. Dejar que cueza a fuego suave para que espese. Pasados 30 minutos, probarlo y rectificar de sal.
6. Servir caliente decorado al gusto.

DIFICULTAD: ***BAJA***
TIEMPO DE PREPARACIÓN: ***1 HORA Y 30 MINUTOS (MÁS LA MACERACIÓN)***

Caldo de millo

Ingredientes
para 4 personas

500 g de millo (maíz)
500 g de garbanzas
100 g de panceta salada
300 g de costilla salada
1 cabeza de ajo
1 cebolla grande
1 ramita de tomillo
2 hojas de laurel
1/2 cucharadita de pimentón
sal

Preparación

1. Este caldo requiere al menos 8 horas de maceración.
2. Remojar el millo en agua durante 10 minutos. Retirar las cáscaras, limpiar a conciencia y majar en el mortero.
3. Poner agua a hervir con el pimentón, los ajos pelados y enteros, la cebolla partida en cuartos, el tomillo y el laurel.
4. Cuando rompa el hervor, agregar el millo majado y cocer todo durante 10 minutos. Retirar del fuego y reservarlo tapado durante al menos 8 horas.
5. Dejar el mismo tiempo en remojo las garbanzas y, en otro recipiente separado, la costilla y la panceta.
6. Pasado este tiempo, poner al fuego la cazuela con el millo. Cortar en pedazos la panceta y la costilla y agregarlos al millo. Añadir también las garbanzas escurridas y una pizca de sal. Cocer todo durante 1 hora. Rectificar de sal y dejar que repose.
7. Colar el caldo y usarlo como primer plato, solo o como sopa con una pasta fina. Reservar la carne y las garbanzas como segundo plato.

carnes

DIFICULTAD: ***BAJA***
TIEMPO DE PREPARACIÓN: ***1 HORA (MÁS LA MACERACIÓN)***

Baifo frito

Ingredientes

para 4 personas

1,2 kg de baifo (cabrito)
250 ml de aceite de oliva, más el necesario para freír
350 ml de vino blanco
1 pimienta picona
1 cabeza de ajo
3 cucharadas de pimentón
1 cucharada de romero picado
1 cucharada de tomillo picado
sal

Preparación

1 Cortar el baifo en trozos pequeños y disponerlos en un recipiente grande. Salarlos y espolvorear por encima el pimentón, el tomillo y el romero.

2 Añadir los ajos sin pelar. Cortar la pimienta picona en rodajas finas y agregarla a la carne. Verter por encima el aceite y el vino.

3 Remover bien para que se mezclen todos los ingredientes.

4 Dejar macerar al menos durante 6 horas.

5 En una sartén grande con abundante aceite, freír los trozos de carne a fuego fuerte hasta que queden bien dorados.

6 Retirar el baifo de la sartén y escurrirlo sobre papel de cocina antes de servir.

Plátanos afortunados

Natural, nutritivo, energético, sabroso… el plátano es uno de los mejores embajadores de Canarias y de su cocina. Vinculado para muchos a la infancia y a las aventuras en la selva, forma parte de numerosas recetas del archipiélago, especialmente postres, pero también de especialidades como el arroz a la cubana canario o las pellas de plátano.

Un poco de historia

Originario del sudeste asiático, se cuenta que antiguamente en la India el plátano era conocido como «la fruta de los sabios», ya que los pensadores hindúes solían dar con las mejores ideas cuando meditaban bajo su sombra. Los ejércitos de Alejandro Magno lo trajeron de allí hasta el Mediterráneo, y luego los comerciantes árabes lo difundieron por la costa oriental de África. En ese continente lo descubrieron los conquistadores portugueses hacia el siglo xv, y se lo llevaron, bautizado con el nombre de *banano* (del árabe *banan,* que significa «dedo») a sus colonias en las Canarias. Poco después, los navegantes portugueses y

Obreros cargando plátanos en un tren de la United Fruit Company en América Central.

españoles embarcaron el plátano para llevarlo a sus colonias en el Caribe, y así este alimento alcanzó América Central y América del Sur.

Características del plátano canario

Los distintos caminos que siguieron los bananos y los plátanos han dado lugar a dos alimentos que, aunque pueden confundirse, presentan características diferentes. El plátano canario permanece el doble de tiempo en la palmera que su pariente americano, lo que le confiere mayor grado de madurez, más sabor y más aroma. Tiene también un mayor índice de humedad, y resulta dulce y sabroso. En cambio, la banana presenta una textura seca y dura, más parecida a la de la patata, por eso es más apropiada para consumirla frita, cocida o en forma de puré.

Condiciones para su cultivo

Una temperatura suave en torno a los 25 °C, mucho sol y mucha humedad, combinados con una altitud inferior a los 300 metros, son condiciones que solo se encuentran en Canarias, y por ello los plátanos no pueden crecer en otro sitio más que aquí. Se cultivan en todas las islas excepto en Fuerteventura y Lanzarote. Desde la siembra de la planta madre hasta que se desarrolla el racimo transcurren de 10 a 12 meses. En ese tiempo, las plantas exigen diversos cuidados: primero, en el *amarre* o *atado*, se apuntala el racimo con un horcón o palo de madera para que su peso no lo derribe; en el *embolsado*, el racimo se cubre con una funda de plástico, que favorece el llenado uniforme de la fruta y evita las plagas, enfermedades y daños; y finalmente se procede al *desflorillado*: se quita a mano la flor femenina, que es justo de donde nace la fruta.

El plátano en la gastronomía

La omnipresencia del plátano en el paisaje, la historia y la economía de Canarias se traduce en un papel destacado de este alimento dentro de su gastronomía. Existen batidos, cremas, helados, bizcochos, buñuelos y flanes de plátano, pero esta fruta también adereza ensaladas tropicales y de marisco, decora brochetas de carne o solomillos, y otras veces configura deliciosas especialidades, como el arroz a la cubana canario o las pellas de plátano, aportando en todos los casos un toque original y un importante valor nutritivo.

DIFICULTAD: ***MEDIA***
TIEMPO DE PREPARACIÓN: ***30 MINUTOS***

Filetes de res con plátano

Ingredientes

para 4 personas

4 filetes de res de unos 200-250 g cada uno
2 plátanos medianos
1 cebolla grande
una pizca de sal
una pizca de pimienta negra
aceite
sal

Preparación

1. Untar la base de una sartén grande con un poco de aceite, calentarla a fuego fuerte y dorar los filetes de dos en dos y sin salar. Deben quedar dorados por fuera y medio crudos por dentro. Reservar.

2. Cortar los plátanos en rodajas, freírlos ligeramente en la misma sartén y reservar.

3. Cortar la cebolla en aros finos y pasarla a la misma sartén donde se ha dorado la carne y los plátanos. Añadir un poco de aceite si fuera necesario, sin que llegue a cubrirla. Cuando empiece a dorarse, colocar encima los filetes y, sobre ellos, las rodajas de plátano.

4. Dejar cocer 1 minuto más, salpimentar y servir al momento.

DIFICULTAD: ***BAJA***
TIEMPO DE PREPARACIÓN: ***45 MINUTOS (MÁS EL REPOSO)***

Carne de res con papas y vino blanco

Ingredientes

para 4 personas

600 g de carne de res
1 kg de papas
100 ml de vino blanco
60 ml de aceite de oliva
2 cebollas medianas
5 dientes de ajo
1 pimiento rojo
2 hojas de laurel
una pizca de pimentón
una pizca de azafrán
sal

Preparación

1 Cortar la carne en dados pequeños y reservar.

2 Poner una cazuela al fuego con 40 ml de aceite, calentarlo y dorar en él los dientes de ajo previamente majados, las cebollas peladas y picadas y el pimiento picado finamente.

3 Añadir los trozos de carne junto con el laurel, el pimentón, el azafrán y una pizca de sal.

4 Cuando la carne esté dorada, agregar el vino y agua suficiente para cubrirla. Cocer durante 30 minutos o hasta que la carne esté tierna.

5 A continuación, pelar las papas y cortarlas en dados algo más grandes que los trozos de carne. Freírlas un poco en una sartén aparte con el resto del aceite y agregarlas a la cazuela cuando la carne esté casi hecha.

6 Cocer todo durante 5 minutos más y rectificar de sal.

7 Dejar reposar 30 minutos.

8 Volver a calentar antes de servir.

DIFICULTAD: ***MEDIA***
TIEMPO DE PREPARACIÓN: ***1 HORA***

Estofado de res con papas y setas

Ingredientes

para 4 personas

1 kg de carne de res
1 tomate mediano
1 cebolla mediana
2 zanahorias grandes
1/2 pimiento rojo grande
4 dientes de ajo
25 g de gofio
300 g de papas
200 g de setas al gusto
100 ml de aceite de oliva
100 ml de vino malvasía
1 cucharadita de tomillo
pimienta negra
sal

Preparación

1 Cortar la carne en dados pequeños. En una sartén con la mitad del aceite y 2 dientes de ajo sin pelar, dorar los dados de carne a fuego fuerte.

2 Pasar todo a una cazuela y añadir el resto de los ajos pelados, la cebolla cortada en láminas, las zanahorias en rodajas finas, el pimiento en tiras y el tomate troceado.

3 Disolver el gofio en el vino y agregarlo a la cazuela. Incorporar el tomillo y la pimienta.

4 Cocer a fuego fuerte y, cuando arranque el hervor, reducirlo a moderado. Dejar hervir todo durante 30 minutos o hasta que la carne quede tierna pero no reseca.

5 Si la salsa queda muy espesa, añadir un poco de agua. Rectificar de sal, retirar del fuego y dejar reposar durante 15 minutos.

6 Mientras tanto, en una sartén con el resto del aceite freír las papas peladas y cortadas en dados pequeños. A continuación, limpiar y dorar las setas en el mismo aceite de las papas.

7 Servir el estofado con la mezcla de papas y setas.

DIFICULTAD: ***BAJA***
TIEMPO DE PREPARACIÓN: ***45 MINUTOS (MÁS EL REMOJO)***

Costillas de cochino con millo

Ingredientes

para 4 personas

1 kg de costillas de cochino saladas
4 mazorcas de millo (maíz)
30 ml de aceite de oliva virgen
perejil
sal

Preparación

1. Desalar las costillas de cochino durante al menos 8 horas, cambiando el agua varias veces.

2. Escurrirlas y disponerlas en una cazuela cubiertas con agua y un poco de sal.

3. Cuando arranque el hervor, añadir las mazorcas cortadas en rodajas de 2 cm de grosor. Cocer alrededor de 40 minutos o hasta que tanto las costillas como el millo estén tiernos.

4. Rectificar de sal. Escurrir el millo y las costillas, y disponer en una fuente de servir.

5. Rociar por encima el aceite y el perejil picado muy fino.

Si se desea, se puede servir con mojo picón (véase *Mojo picón de tomate, pág. 24*).

DIFICULTAD: ***MEDIA***
TIEMPO DE PREPARACIÓN: ***45 MINUTOS (MÁS EL REPOSO)***

Lomo mechado de Agaete

Ingredientes

para 4 personas

1 kg de lomo de cochino en una pieza
100 g de tocino
2 pimientos rojos medianos
4 pimientos verdes medianos
4 dientes de ajo
1 cebolla grande
2 hojas de laurel
1/2 cucharadita de pimienta negra
1 cucharadita de pimentón dulce
una pizca de pimentón picante
125 ml de aceite de oliva
50 g de gofio
sal

Preparación

1 Practicar con una aguja de mechar o un cuchillo alargado 4 agujeros en el lomo en sentido longitudinal. Cortar en tiras el tocino y rellenar con él los huecos hechos en el lomo.

2 Con un cuchillo bien afilado hacer 4 cortes longitudinales en la superficie del lomo y rellenarlos con tocino y pimiento rojo. Atar la pieza con bramante, dándole varias vueltas.

3 En una sartén con 50 ml de aceite, caramelizar la cebolla picada fina. Incorporar el lomo y los ajos pelados y enteros, el pimentón dulce, el pimentón picante, el laurel, la pimienta, una pizca de sal y otros 50 ml de aceite. Añadir agua hasta cubrir la pieza. Cocer a fuego suave durante 30 minutos. Rectificar de sal. Comprobar con una aguja el punto de cocción de la carne. Debe quedar hecha, pero no seca.

4 Dejar reposar y enfriar. Cortar en lonchas cuando la pieza esté fría. Retirar las hojas de laurel y triturar los ingredientes sólidos de la salsa. Espesarla con un poco de gofio.

5 Freír los pimientos verdes enteros con el aceite restante.

6 Servir la carne cortada en lonchas, con los pimientos fritos encima y la salsa caliente.

DIFICULTAD: **MEDIA**
TIEMPO DE PREPARACIÓN: **45 MINUTOS (MÁS LA MACERACIÓN)**

Carajacas

Ingredientes

para 4 personas

1 kg de hígado de cordero o de res
1 cabeza de ajo
1 pimiento verde grande
125 ml de vinagre
125 ml de aceite de oliva
2 cucharaditas de pimentón
1 cucharadita de comino en polvo
1 cucharadita de orégano
la miga de 4 rebanadas de pan tierno
1 ramita de perejil
sal

Preparación

1 Cortar el hígado en filetes y salar. Pelar y majar los ajos con el pimiento, el comino y el perejil. Agregar el aceite, el vinagre, el pimentón, el orégano y la miga de pan. Acabar de majar y mezclar.

2 Repartir la majada entre los filetes de hígado y dejar macerar durante al menos 4 horas.

3 Una vez macerados, calentar una sartén grande y dorar los filetes empapados en la mezcla de maceración.

4 Cortarlos en tiras o dados pequeños y disponerlos en una cazuela, preferiblemente de barro. Cubrir con el adobo usado para la maceración y hervir 2 minutos sin que se sequen.

Se puede servir con tostadas de pan untadas con ajo o con papas arrugás (véase pág. 20).

pescados

Productos del mar

Del océano, medio hostil y a la vez generoso, los canarios obtienen un buen número de ingredientes excepcionales, a veces únicos, elaborados de forma sencilla y sin disfrazar los sabores. Son en su mayoría pescados azules y de roca, entre los que destaca la vieja; se prepara de muchas maneras, pero la preferida de los isleños es sancochada, guisada con papas, pella de gofio y mojo.

Salmonetes

La omnipresencia del océano en todas las islas Canarias se plasma inevitablemente en su gastronomía, donde los pescados, los mariscos y los crustáceos ofrecen multitud de recetas, variadas y deliciosas, pero a la vez preparadas con sencillez. El Atlántico no es el Mediterráneo, y una buena parte de la pesca consiste en especies autóctonas, destinadas al mercado local y a veces desconocidas para los habitantes de la Península.

Una gran variedad

Los pescados más abundantes y los preferidos son las especies pequeñas, como las sardinas, los boquerones, los salmonetes, las chopas, los sargos, las arañas de mar o el chicharrón, que a veces se toman abiertos y secados al sol, en jarea. Abundan también meros, gallos, abaes, brecas, atunes y morenas, los bocinegros, que nadan en fondos rocosos y arenosos, las samas, que se pescan con palangre, y los chernes, que pueden llegar a pesar más de 80 kilos. Se pescan además lisas o lebranchos, sopimbas y tollos, que son las tiras resultantes de cortar el cazón, colgadas en liñas y puestas a secar al sol.

La vieja, el rey de los pescados

Pero seguramente el rey de los pescados canarios es la vieja, nombre con el que han bautizado los isleños al pez loro viejo, exclusivo de Canarias. Esta especie, que

Caracoles de mar

Cherne

Vieja (loro viejo)

Sama

Los chicharros abundan en Tenerife.

en la antigüedad habitó las aguas del Egeo, nada entre la orilla y los 50 metros, por lo que se pesca con caña. Tiene una carne sabrosa y delicada, y se puede degustar de muchas formas, simplemente hervida y acompañada de aceite de oliva y mojo, frita, a la sal, al horno, a la espalda (es decir, a la sartén y sin aceite) o jareada, que significa salada con agua de mar y puesta a orear al sol. Muchos son quienes prefieren la vieja sancochada, lo que en Canarias quiere decir guisada, y acompañada de papas y mojo de cilantro. Al igual que otras especies, como las sardinas, los chicharrones o las caballas, en los últimos años la pesca en demasía y la voracidad de los consumidores han hecho que la vieja esté en retroceso, por lo que se estudia su cultivo.

Marisco en abundancia

En las costas y acantilados los isleños recogen numerosos tipos de mariscos, entre ellos también abundantes especies autóctonas. Hay centollos, distintas variedades de cangrejos de mar, lapas, pulpos, los burgados o caracoles de mar y la apreciada langosta canaria, que se pesca en algunos islotes.

Las islas y su pesca

Una vuelta por el archipiélago permite conocer las particularidades y algunas curiosidades de las distintas islas y su pesca.

En **Tenerife** la abundancia de chicharros (jureles) es la causa de que los habitantes de la ciudad de Santa Cruz reciban el apodo de chicharreros.

Lapas

Percebes

En **Gran Canaria**, donde el pescado es fresco y variado, y sus numerosos restaurantes ofrecen deliciosos platos a base de chernes, sardinas, samas, meros, atunes y peces espada, se encuentra la localidad de Sardina del Norte, cuyo nombre atribuyen algunos a la costumbre de los antiguos pobladores de Gáldar de pescar sardinas en la zona.

Fuerteventura cuenta tal vez con el litoral más generoso de pescado de roca, regalo del mar para compensar lo que el campo no le ofrece. Descrita por algunos como una raspa de pescado que flota sobre el océano, posee abundancia de viejas, samas roqueras, salmonetes, meros, merluzas, morenas, atunes, mejillones, percebes y lapas de profundo sabor marino, que se toman rociadas con mojo.

La costa de **La Palma** es también abundante en especies de roca, y entre ellas destacan sus camarones o quisquillas, únicos en el archipiélago, que se exportan con éxito a Tenerife y Gran Canaria.

En **La Gomera**, abundante en peces de roca y azules, preparan con el estómago del atún en salazón el buche gomero, mientras que en **Lanzarote** se pescan clacas, un marisco con aspecto de roca marina, caro, difícil de encontrar y complicado de degustar pero que, para algunos, es superior en sabor y finura a las ostras.

Sancocho canario

Caldo de sama

DIFICULTAD: ***MEDIA***
TIEMPO DE PREPARACIÓN: ***35 MINUTOS***

Albóndigas de sama

Ingredientes

para 4 personas

500 g de sama fresca
50 g de pimientos rojos en conserva
1 cebolla mediana
1 huevo
2 hojas de laurel
1/2 cucharada de pimentón dulce
150 g de salsa de tomate
150 g de pan rallado
1 vaso de vino blanco
perejil
aceite
sal

Preparación

1 Limpiar el pescado y quitarle las escamas. Cortarlo en trozos grandes y cocerlos en agua durante unos 5 minutos con el laurel.

2 Dejar escurrir. Desechar con cuidado todas las espinas, desmenuzar y salar. Cortar la cebolla finamente y mezclarla con el huevo, sin batirlo demasiado. Añadir los pimientos escurridos y picados bien finos. Agregar 100 g de salsa de tomate, el pimentón, un poco de perejil, 90 g de pan rallado y un poco de sal fina.

3 Mezclar hasta obtener una pasta homogénea; si resulta poco compacta, añadir pan rallado. Formar las albóndigas. Rebozarlas con pan rallado y freírlas en abundante aceite caliente.

4 Disponer las albóndigas en una cazuela junto con el vino blanco, 1 o 2 cucharadas más de salsa de tomate y un poco de agua hasta cubrirlas.

5 Llevar a ebullición a fuego fuerte y cocer durante 10 minutos.

6 Servir bien calientes con su salsa y acompañadas de papas sancochadas o arroz blanco.

[DIFICULTAD: ***BAJA***
TIEMPO DE PREPARACIÓN: ***30 MINUTOS (MÁS EL REMOJO)***

Bacalao de campo

Ingredientes

para 4 personas

1 kg de bacalao
1 kg de cebollas
200 ml de vino blanco
1 pimiento rojo mediano
1 pimienta picona
4 dientes de ajo
1 hoja de laurel
una pizca de comino
sal
pimienta

Preparación

1 Cortar el bacalao en trozos y desalarlo 24 horas antes de la preparación, cambiando el agua varias veces.

2 Cocer el bacalao en agua hirviendo con el laurel hasta que esté blanco. Escurrir y reservar.

3 Picar las cebollas y el pimiento rojo. Freírlos con la pimienta picona hasta que se doren.

4 Agregar la preparación al bacalao. Majar los ajos, la pimienta y el comino. Añadir la majada y el vino al bacalao.

5 Si es necesario, añadir un poco de agua y rectificar de sal.

6 Cocer a fuego suave durante 15 minutos.

7 Servir una vez que haya reposado al menos 5 minutos.

DIFICULTAD: ***BAJA***
TIEMPO DE PREPARACIÓN: ***45 MINUTOS (MÁS EL REMOJO)***

Cherne encebollado con papas arrugás

Ingredientes

para 4 personas

1,2 kg de cherne salado
1 kg de tomates
2 kg de papas
4 cebollas medianas
2 pimientos verdes medianos
4 dientes de ajo
150 ml de aceite de oliva
150 ml de vino blanco
harina
sal

Preparación

1. Trocear el cherne salado y dejarlo en remojo durante 12 horas. Cambiar el agua al menos tres veces.

2. Cortar los dientes de ajo en láminas, picar los pimientos y las cebollas y elaborar un sofrito en una cazuela con 50 ml de aceite. Escaldar los tomates en agua hirviendo, retirarles la piel y trocearlos. Incorporarlos a la cazuela.

3. Cuando el sofrito esté hecho, verter el vino blanco y dejar a fuego fuerte para que se evapore el alcohol.

4. Rebozar el cherne con harina y freírlo en una sartén con el resto del aceite hasta que esté dorado.

5. A continuación, incorporarlo a la cazuela del sofrito, darle un hervor y rectificar de sal.

6. Preparar las papas arrugás (véase pág. 20).

7. Disponer el pescado en una fuente de servir y acompañar con las papas arrugás.

Puede servirse con mojo verde (véase Mojo verde de perejil, orégano y cilantro, pág. 26) o mojo picón (véase Mojo picón de tomate, pág. 24.

DIFICULTAD: ***MEDIA***
TIEMPO DE PREPARACIÓN: ***45 MINUTOS***

Croquetas de caballa

Ingredientes

para 4 personas

1 kg de caballas
1 cebolla
2 huevos
200 g de pan rallado
500 ml de leche
80 g de harina
60 ml de aceite, más el necesario para freír
1 ramita de perejil
una pizca de nuez moscada
sal

Preparación

1 Limpiar las caballas. Ponerlas en una cazuela con una pizca de sal, cubrirlas con agua y cocerlas durante 10 minutos a fuego medio.

2 Retirarlas del agua y dejar que se enfríen, quitar las espinas y desmenuzarlas.

3 Pelar la cebolla y picarla. Dorarla en una sartén con 30 ml de aceite. Escurrir y mezclar con las caballas desmenuzadas.

4 Para elaborar la besamel, cubrir el fondo de una sartén con el resto del aceite, echar la harina y dorarla levemente. Agregar la leche de forma gradual y sin dejar de remover para evitar que se formen grumos. Dejar reposar para que acabe de espesarse.

5 Integrar la mezcla de pescado y cebolla con la besamel. Añadir el perejil bien picado y la nuez moscada. Rectificar de sal y dejar enfriar antes de formar las croquetas.

6 A continuación, rebozarlas en huevo batido y seguidamente en pan rallado.
Freírlas en aceite bien caliente y servir.

DIFICULTAD: ***BAJA***
TIEMPO DE PREPARACIÓN: ***30 MINUTOS (MÁS EL REMOJO)***

Sancocho canario con mojo picón

Ingredientes

para 4 personas

1 kg de cherne u otro pescado salado
1 kg de papas
500 g de batatas amarillas
*mojo picón**
1 manojo de cilantro fresco
sal

* *véase Mojo picón de tomate, pág. 24*

Preparación

1 Desalar el pescado cortado en trozos medianos 24 horas antes, cambiando el agua varias veces.

2 Elaborar el mojo picón.

3 Cortar las batatas y las papas en dados grandes, disponerlas en una cazuela de base ancha junto con el cilantro y verter agua hasta cubrirlas.

4 Ponerlas a fuego fuerte y dejar cocer 15 minutos.

5 A continuación, escurrir y secar el pescado con papel de cocina. Añadirlo a la cazuela de papas y batatas. Rectificar de sal y cocer todo durante 15 minutos más o hasta que las papas queden en su punto, sin que se deshagan.

6 Escurrir el agua que quede.

7 Disponer las papas y las batatas en una bandeja de servir con el pescado encima y servir con el mojo picón.

DIFICULTAD: ***MEDIA***
TIEMPO DE PREPARACIÓN: ***40 MINUTOS (MÁS EL REMOJO)***

Tollos guisados

Ingredientes

para 4 personas

1 kg de tollos (cazón en salazón)
250 ml de aceite
75 ml de vinagre
100 g de pan duro
1 pimienta picona
1 cucharada de pimentón
5 dientes de ajo
sal

Preparación

1 Poner los tollos en remojo la víspera cambiando el agua varias veces.

2 Retirar el agua del remojo, colocar los tollos en una cazuela, volver a cubrirlos con agua y cocer durante 10 minutos o hasta que estén tiernos.

3 Una vez cocidos, escurrirlos, retirarles la piel y reservar.

4 Poner el pan en remojo durante 5-10 minutos. Después, escurrirlo y eliminar el exceso de agua estrujándolo con la mano.

5 Majar el pan con los ajos y la pimienta picona. Agregar el aceite, el vinagre y el pimentón. Cuando estén bien integrados, incorporar esta mezcla a la cazuela sin dejar de remover.

6 Añadir agua y dejar que cueza unos 10 minutos. Rectificar de sal. Incorporar los tollos y dejarlos reposar cubiertos con la salsa y con la cazuela tapada durante 20 minutos.

7 Volver a calentar y servir con gofio (véase Gofio escaldado, pág. 18) o con papas arrugás (véase pág. 20).

DIFICULTAD: ***MEDIA***
TIEMPO DE PREPARACIÓN: ***15 MINUTOS***

Lapas con perejil y papas

Ingredientes

para 4 personas

2 kg de lapas
el zumo de 1 limón
75 ml de aceite de oliva
50 g de pan rallado
500 g de papas
1 manojo de perejil
pimienta
sal

Preparación

1. Lavar y raspar las lapas de forma que queden bien limpias.
2. Picar el perejil muy fino y mezclarlo con el pan rallado y pimienta al gusto.
3. Pelar las papas y cortarlas en dados medianos.
4. Ponerlas en una cazuela, cubrirlas con agua, agregar un poco de sal y cocerlas durante 15 minutos. Reservar.
5. Disponer las lapas en la cazuela de las papas y espolvorear con la mezcla de perejil, pan y pimienta. Agregar el aceite, el zumo de limón y sal al gusto.
6. Volver a cocer durante 5 minutos más, a fuego fuerte.
7. Servir las lapas con las papas decoradas al gusto.

postres

El lado dulce de Canarias

La miel, el huevo, el millo, las almendras, el limón y el plátano constituyen el común denominador de la mayoría de los dulces canarios. Con influencias guanches, árabes, portuguesas, británicas, andaluzas o castellanas, la carta de postres y repostería combina recetas que tienen su réplica por toda la geografía peninsular, como el arroz con leche, los mantecados o los mazapanes, con delicias únicas de las islas, como el bienmesabe, el frangollo o las quesadillas.

Postres de orígenes variados

La original carta de dulces canarios, limitada en buena medida por las barreras que impone el mar, se basa en unos pocos ingredientes: el millo, entero o molido, la almendra, la fruta (limón, naranja, plátano) y la miel. En Tenerife, la rica y exclusiva flora natural y su amplia temporada de floraciones proporciona una gran variedad de mieles, algunas únicas en el mundo, como la miel de retama del Teide, conocida como miel de la cumbre, que se produce en el Parque Nacional Cañadas del Teide, por encima de los 1.200 metros de altitud.

Como toda su gastronomía, la repostería del archipiélago refleja una historia de conquistas, influencias y migraciones. Así, el gofio, presente en bollos, bizcochos, mousses o helados, esconde un pasado bereber; el bienmesabe, adaptado del sur de la Península, tiene un origen árabe; el queque es un bizcocho cuyo nombre delata una influencia inglesa *(cake)*, mientras que los huevos moles están claramente emparentados con los ovos moles portugueses. A veces, son los dulces canarios los que han viajado hasta el Nuevo Mundo cuando muchos se fueron a «hacer las Américas», y hoy encontramos una versión de los tradicionales quesillos de El Hierro (que son, a pesar de su nombre, flanes) en Venezuela y Argentina.

La carta de dulces incluye los bollos, en una amplia gama de variedades, fritos u horneados, de anís, naranja o de vino; la leche asada y las sopas de miel.

Mujeres trabajando en la cosecha del azúcar, década de 1920.

Dulces islas...

De **La Palma** son típicos las raspaduras, los almendrados, los mazapanes, los panes de almendras y los marquesotes, unos bizcochos bañados en un crujiente azúcar de almíbar.

En **Tenerife** son muy populares los rosquetes blancos, las tortas chasneras y el frangollo, un apreciado postre que se elabora (también en otras islas) a partir de leche o agua, gofio, limón, huevos, almendras y canela.

En **Gran Canaria** la abundancia de almendros se traduce en una preferencia por las garrapiñadas, el alférez y los piñones, y la isla produce uno de los dulces canarios más emblemáticos, el bienmesabe, una especie de crema, espolvoreada con canela, que se toma como complemento de flanes y helados. Aunque existen las versiones tinerfeñas y gomeras del bienmesabe, el más popular es el que se elabora en Tejeda, una pequeña localidad encaramada en las montañas del centro de Gran Canaria, rodeada de almendros, con bonitas vistas y un acceso sinuoso.

En **Lanzarote** encontramos las *tortillas de Carnaval* y las *truchas*, rellenas de batata, pero también de crema, cabello de ángel o garbanzos, en una versión propia de Trías.

En la pequeña isla de **El Hierro** hay quesadillas y rosquillas, y en **La Gomera** se produce la única miel de palma canaria, procedente no de la abeja, sino de la salvia o guarapo de la palmera, que se utiliza como salsa para otros postres como el frangollo, el quesillo o la leche asada.

DIFICULTAD: **BAJA**
TIEMPO DE PREPARACIÓN: **1 HORA**

Pastel de tunos

Ingredientes

para 4-6 personas

500 ml de leche semidesnatada
*250 g de mermelada de tunos**
2 sobres de cuajada
1 hoja de gelatina neutra
250 g de galletas maría

véase Mermelada de tunos, pág. 92

Preparación

1 Poner a hidratar la gelatina en un cuenco con agua fría durante 10 minutos.

2 Calentar 300 ml de leche con 125 g de mermelada de tunos.

3 Desleír los sobres de cuajada en la leche restante y agregar a la leche con mermelada.

4 Poner al fuego hasta que rompa a hervir. Retirar del fuego y reservar hasta que se temple. Volver a poner al fuego hasta que rompa de nuevo a hervir. Agregar la gelatina escurrida y repetir la operación una vez más.

5 A continuación, desmigar las galletas, cubrir con ellas la base de un molde previamente engrasado y verter sobre ellas la mezcla. Disponer encima una nueva capa de galletas desmigadas.

6 Dejar enfriar y volcar el pastel en una fuente de servir. Untar la superficie con el resto de la mermelada de tunos y servir decorado al gusto.

DIFICULTAD: ***MEDIA***
TIEMPO DE PREPARACIÓN: ***1 HORA Y 30 MINUTOS***

Buñuelos de batata dulce

Ingredientes

para 4-6 personas

3 batatas grandes
50 g de azúcar
100 g de harina
75 ml de vino dulce
el zumo de 1 limón
1 cucharadita de cardamomo o de ajonjolí
1 chorrito de leche o de agua
aceite para freír

Preparación

1 Asar en el horno (o en el microondas) las batatas hasta que estén blandas.

2 Pelarlas y elaborar un puré. Majar el cardamomo (o el ajonjolí) y mezclarlo con las batatas.

3 Agregar el zumo de limón y el vino. Remover hasta que se absorban. Incorporar el azúcar y la harina y mezclar todo. Si la masa queda muy apelmazada, añadir un poco de zumo de limón, leche o un chorrito de agua.

4 Con una cuchara, elaborar los buñuelos. Espolvorear con harina una superficie de trabajo y amasar los buñuelos para darles la forma deseada.

5 Poner abundante aceite a calentar en una sartén. La cantidad dependerá del tamaño de los buñuelos, que deben quedar sumergidos hasta la mitad. Freír los buñuelos hasta que queden dorados. Retirar y reservar sobre papel de cocina.

Los buñuelos de batata pueden tomarse calientes o fríos. Si se sirven calientes, pueden aderezarse con un chorrito de miel.

DIFICULTAD: ***MEDIA***
TIEMPO DE PREPARACIÓN: ***1 HORA***

Bienmesabe gomero de almendras

Ingredientes
para 4-6 personas

500 g de almendras tostadas
500 g de azúcar
50 g de mantequilla
las yemas de 10 huevos
500 ml de agua
la cáscara de 1 limón

Preparación

1 Escaldar las almendras en un cuenco con agua hirviendo durante unos segundos y quitarles la piel. Triturarlas con la batidora y reservar.

2 Verter el agua en un cazo, agregar el azúcar y poner al fuego. Cuando empiece a hervir, remover y seguir cociendo hasta conseguir un almíbar a punto de hebra fina.

3 Añadir las almendras molidas junto con la cáscara de limón rallada al cazo con el agua hirviendo. Remover hasta que espese un poco. Retirar el cazo del fuego y dejar enfriar 10 minutos.

4 Batir bien las yemas junto con la mantequilla e incorporarlas lentamente a la mezcla anterior, removiendo muy deprisa para que no se corte el huevo.

5 Volver a poner al fuego y cocer 5 minutos más sin dejar de remover para evitar que se pegue. Apartar del fuego y dejar enfriar.

6 El bienmesabe se puede servir solo o como acompañamiento de helados y postres.

DIFICULTAD: ***MEDIA***
TIEMPO DE PREPARACIÓN: ***30 MINUTOS***

Caramelo de gofio con nueces

Ingredientes

para 4 personas

150 g de gofio
100 g de nueces peladas
200 ml de miel
100 g de azúcar
la ralladura de 1 limón
1 cucharadita de matalahúva (o anís verde)
1 cucharadita de ajonjolí
canela en polvo

Preparación

1. Mezclar en un cazo la miel con la ralladura de limón, la canela, el azúcar, la matalahúva y el ajonjolí.
2. Cocerlo a fuego suave hasta que se forme un caramelo líquido.
3. Majar las nueces e incorporarlas al caramelo.
4. Desleír el gofio en un cuenco con un poco de agua fría. Incorporar a la mezcla de caramelo, remover y dejar enfriar en un recipiente engrasado.
5. Partir la mezcla en 4 porciones y servirlas decoradas al gusto.

Si se desea se puede acompañar con flan o pudin de limón.

DIFICULTAD: ***MEDIA***
TIEMPO DE PREPARACIÓN: ***1 HORA Y 30 MINUTOS***

Galletas de gofio y naranja

Ingredientes

para 4-6 personas

180 g de mantequilla
250 g de azúcar
200 g de gofio
400 g de harina
2 huevos
la cáscara y el zumo de 1 naranja
1 sobre de levadura
sal

Preparación

1 Batir en un recipiente la mantequilla con el azúcar hasta obtener una crema untuosa. Aparte, batir los huevos y agregarlos lentamente a la crema.

2 Añadir el zumo y 2 cucharadas de ralladura de naranja. Mezclarlo todo.

3 Tamizar la harina y el gofio. Agregar la levadura y una pizca de sal. Incorporar la mezcla a la crema y batir hasta que quede homogénea. Si fuera necesario, añadir un poco más de harina o gofio.

4 Dejar enfriar la mezcla en la nevera hasta que se endurezca lo suficiente como para amasarla con las manos. Estirar con un rodillo hasta obtener una lámina de 0,5 cm de grosor.

5 Precalentar el horno a 180 ºC.

6 Formar galletas con moldes especiales o con una taza de café. Engrasar una bandeja de horno y disponer las galletas sin que se toquen.

7 Hornear las galletas durante 15 minutos; deben quedar secas por dentro y doradas por fuera. Retirar del horno y dejar enfriar antes de servir.

Si se desea, pueden bañarse las galletas en chocolate fundido.

DIFICULTAD: ***MEDIA***
TIEMPO DE PREPARACIÓN: ***30 MINUTOS***

Frangollo con higos y almendras

Ingredientes

para 4-6 personas

200 g de harina de millo (maíz) molida gruesa
250 g de higos maduros
250 g de almendras crudas
600 ml de leche
250 g de azúcar
la ralladura de 1 limón
2 cucharaditas de canela en polvo
aceite

Preparación

1. Escaldar las almendras, quitarles la piel y majarlas en el mortero lo más finamente posible.
2. Pasarlas por la sartén con los higos cortados en trozos pequeños, un chorrito de aceite, la canela y la ralladura de limón hasta que las almendras estén ligeramente doradas.
3. Trasladar la mezcla a una cazuela al fuego con la harina de millo, la leche y el azúcar. Remover continuamente.
4. Cuando la masa se separe de las paredes de la cazuela, retirarla del fuego.
5. Estirarla sobre una madera y dejar enfriar. Cortar en porciones antes de servir.
6. Si se desea, se puede decorar con miel o con jarabe de palma.

DIFICULTAD: ***MEDIA***
TIEMPO DE PREPARACIÓN: ***1 HORA Y 30 MINUTOS***

Mermelada de tunos

Ingredientes

para 750 g de mermelada

1 kg de tunos (higos chumbos) pelados
700 g de azúcar
2 manzanas medianas
el zumo de 1 limón

Preparación

1. Pelar los tunos y trocearlos, sin que se pierda el jugo. Pasarlos con su jugo a una cazuela.
2. Pelar las manzanas, retirar el corazón y cortarlas en trozos pequeños.
3. Incorporar las manzanas cortadas a la cazuela junto con el azúcar y el zumo de limón.
4. Cocer a fuego suave con la cazuela tapada durante 20 minutos, hasta que la fruta esté en su punto.
5. A continuación, batir con la batidora y proseguir con la cocción 15 minutos más.
6. Pasar por el chino si se desea eliminar las semillas. Envasar en botes de cristal previamente esterilizados durante unos minutos en agua hirviendo.

índice de recetas

Dirección editorial: Isabel Ortiz
Diseño gráfico y maquetación: Mari Salinas
Fotografía culinaria: Hans Geel
Estilismo: Ángela García
Preimpresión: Miguel Ángel San Andrés

Campezo, 13 - 28022 Madrid
Tel.: 91 3009100 - Fax: 91 3009118
Impreso y encuadernado en España
www.susaeta.com

D.L.: M-27731-MMXIV